동경

동경

초판 1쇄 발행 2024년 11월 11일

지은이 황민성
펴낸이 장길수
펴낸곳 지식과감성#
출판등록 제2012-000081호

교정 김나현
디자인 서혜인
편집 서혜인
검수 이주희, 윤혜성
마케팅 김윤길, 정은혜

주소 서울시 금천구 벚꽃로298 대륭포스트타워6차 1212호
전화 070-4651-3730~4
팩스 070-4325-7006
이메일 ksbookup@naver.com
홈페이지 www.knsbookup.com

ISBN 979-11-392-2188-6(03810)
값 16,700원

- 이 책의 판권은 지은이에게 있습니다.
- 이 책 내용의 전부 또는 일부를 재사용하려면 반드시 지은이의 서면 동의를 받아야 합니다.
- 잘못된 책은 구입하신 곳에서 바꾸어 드립니다.

지식과감성#
홈페이지 바로가기

동경

황민성 지음

목차

황수선화 이야기   7

황수선화 이야기

 험준한 악산의 강하게 치솟아 난 돌이 서러이 울자, 대지의 저력과 하늘의 무결한 절조도 하릴 없이 쇠한다. 땅이 흔들리고 비가 일자로 쏟아져, 아무래도 생기가 없다. 그 자연의 울림에 흙속에 깃든 것들이 땅거죽을 기고 나무는 궁창을 뚫으며, 활갯짓하는 황새 한 마리 소나무 가지에 내려앉는다.

 황새가 머리를 고정시키고 구름을 올려다보았을 때, 더 높은 궁창이 있다.

 그로부터 세월이 흘러 오늘날의 악산은 담담히 그즈음을 한바탕의 봄꿈이라고 여길 뿐, 잔류한 여한이나 미련은 없어 땅을 내어준다.

그 땅에는 온천장이 들어섰다.

요 몇 해 동안 부쩍 늘어난 숙객들은 온천장으로의 발길을 아끼는 법이 없다. 연회장이니 여관이 북적거린다. 산재각처에 있는 온천장 중에서도 가장 성대함은 물론이거니와 꼬임 받은 손님들이 연중 성마르게 방문해 단골로 자리 잡는 대규모의 욕장이었다.

총 정원 오십 명의 인부와 열아홉 개의 욕탕이 배치되어 있고 연회장에는 악공이 항시 대기했다.

오후가 막바지에 다다른 무렵엔 온천장 휘하에 놓인 모두가 종횡무진 분주하여 그적에 떠들썩한 난리는 보는 이가 감질날 지경이라, 어스름이 가까워질수록 직함이 상당한 일꾼이 말단에게 치는 명령조의 고래고함은 촌각을 다투는 식의 울림으로 두드러졌다.

"허정거리면 손님을 제때 못 받지. 오늘 일정은 땅거미 직전까지."

추동하는 신물 맺힌 목소리가 산등성 언저리에서 산울림이 되어 번진다. 얼핏 들으면 말단에게 분부하는 압제자의 가학이 서린 음성이거늘, 이에 응하는 아랫자리의 천연덕스러운 몸가짐과 방성은 일견 익숙하다는 듯 홀홀 가벼워 상부의 잔소리와 충돌하며 갑론을박처럼 들려오기도 했다.

상부의 지시는 응분으로서 당연한 노릇이므로 불필요한 구박과 불가결한 명령의 경계를 확연히 구분 짓고 있어, 결코 아랫사람을 무시로 못살게 굴거나 고압적으로 짓누르는 악덕한 언동과는 차별된 형색이다.

말단은 한달음에 욕탕을 옮겨 다니며 알맞은 약초의 탕인지 점검했다. 이를테면 우려내는 약초 주머니에 따라 탕에 올라오는 색이 달랐다.

홍화(紅花)탕은 붉고, 황정(黃精)이니 대황(大黃)은 노랗고, 청피(靑皮), 청호(靑蒿)는 청색이며 자삼(紫蔘), 자소(紫蘇)는 보랏빛을 띠었다.

또한 탕에 몸을 담그고 혀끝으로 물맛을 보면 감초는 달고 고련자(苦楝子)는 쓰며 함추석(鹹秋石)은 짠맛이 났다.

온천에 법열이 있는 숙객들은 보통 향기가 강한 사향(麝香)이나 신맛이 나는 산장(酸漿)에서 몸을 지졌다.

초롱과 값비싼 연화등이 내뿜는 현혹적인 광선이 하늘의 끝자락까지 길게 뻗어 있어, 그 광의 길로 온갖 물방울들이 신명나게 흩어진다.
　"비 소식이 있었던가?"
　온천장 일꾼들의 입속에서 튕겨져 나온 침들은 빗방울이나 눈의 결정, 혹은 나부끼는 꽃잎마냥, 골짜기를 타 넘고 한 지점에서 소용돌이처럼 맴돌다 다시금 솟구쳐 오르는 산풍의 흐름에 분분히 난비하다, 온천장 곳곳에 괸 물에 불시착해, 물의 파문이 물결무늬처럼 울리고 있다.
　삼삼오오 가족 단위로 뭉친 손님들은 들뜬 마음으로 개장을 기다리며 온천장의 조경술에 대단히 감탄했기 때문에 물을 주로 취급하는 온천장의 입지 환경을 보더라도, 괴인 물들에 파문이 일어 비가 오나 하고 착각하는 건 손님으로서의 예삿일이었다.
　부모의 손을 꽉 붙잡고 멀거니 서 있는 아이들은 몸매가 훤히 비치는 차림으로 욕탕의 때를 청소하거나 지난날 고인 물을 쳐내는 일꾼들을 한눈팔지 않고 바라보다,
　"물을 퍼다 날라서 어느 세월에 욕탕을 채우죠?"

맑은 눈망울을 한 채 어머니께 물었다.

"펌프가 있으니까."

"펌프가 어디?"

"아마 바닥이랑 연결되어 있을 거야."

아이들은 펌프를 찾으려 법석을 떨며 일꾼의 손길이 닿지 않는 대형 욕탕으로 뛰어들었다.

"무지 넓고 깊네."

아이 하나가 정중앙에 서자, 마치 이 욕탕은 거인들 전용으로 안성맞춤인 것처럼 여겨졌다. 새삼 비현실적인 크기에 얼른 다시금 욕탕 밖으로 빠져나가자 마침맞게도, 이 대형 욕탕에 일꾼 여섯이 달라붙어 약품으로 거품을 내며 어성을 높였다.

"금일 이벤트 탕에 어성초랑 녹반(綠礬) 쓴다지?"

"처음이군."

"어성초가 색을 내는 데 쓰였던가."

"어성초는 비린내."

"색은 녹반으로 내는 거지."

"녹색이면 어성초 말고 담죽엽(淡竹葉)이 나쁘지 않을 텐데."

"녹색이랑 비린내는 아무래도 상극이니까."

"담죽엽 향이 어땠지?"

"담담하지."

서체 획을 끌어 올린 운필을 한 산명(山名)이 적힌 패가 온천장의 입구에 걸려 있는데, 약초를 캐러 나갔던 약초꾼들이 그쪽에서 돌아오기에 관리자는 그들을 반기며 등에 걸머진 바구니를 땅바닥으로 내리는 것을 거들었다. 그리고 약초꾼들과 무어라 말을 주고받더니 욕탕을 청소하던 여섯 일꾼에게 다가와,

"이벤트 탕에는 탱자랑 황기만. 구절초는 얼마 없으니까. 갈색빛이 올라올 때까지 우리다가 진해졌다 싶으면 호두기름 약간."

온천장의 보고인 약품 창고를 가리키며 말했다.

역시 관리자의 목소리를 듣고 약초를 욱여넣은 삼베 주머니의 꽁지를 동여매는 일을 처리하던 일꾼이 상부인 그에게 다가와 물었다.

"방금 약초꾼들이 구절초 캐 왔어요. 구절초 넣지 마요?"

"나도 확인하고 오는 참이야."

"넣지 말까요?"

"약초꾼들은 이제 막 왔는데, 구절초를 캐 온지 어떻게 알았나?"

"이제는 멀리서도 보이는 지경이지요."

"신통하네."

"그래서 구절초는 뺄까요?"

"아무래도 그래야겠지. 아이들이 많아. 탕치객이 아니야."

"황기가 더 비싼데도 써요?"

"약초는 아무래도 상관없어. 황기는 남아도니까."

관리자는 그렇게 말하고는 약풀 창고로 걸어가 빗장을 풀고 약초꾼들이 캐 온 약초를 바구니에서 꺼내, 차례에 맞게 정리했다.

약초 창고는 진하고 독한 약초 냄새 때문에 그 근처를 지나가는 사람이 현기증을 느낄 정도였으므로, 완전히 밀폐되어 있었다. 관리는 얼마간 그곳에서 약풀을 종류별로 분류하거나 층층이 쌓아 올렸다.

"삼십 분 남았군."

이윽고 땅거미가 내려앉아 사위가 어둠에 잠겨 태양의

잔광이 흘려 놓은 빛줄기가 등롱의 불빛에 무색해질 때, 온천장의 전경은 진면목을 드러냈다.

여름에는 해가 늦게 지니 따듯하여 노상에는 손님들이 되는대로 퍼질러 수잠에 빠지고 한겨울에는 얼큰한 취흥이 온천장 전체를 뒤덮어 추위가 접근할 수 없다. 주흥의 후덥지근한 열기로 온천장 전체가 뜨겁게 달아올라, 온천장은 여상히도 계절의 영향을 받지 않는 모양새다.

되레 겨울에는 겨울만의 장점이 있고 여름에는 여름만의 장점이 있는 법이다.

온천장의 입지 환경을 보더라도 주객들의 고성방가나 훤소가 온천장 등지로 새어 나갈 일은 없어, 그야말로 분화구 속 비경이 아닐 수 없다.

악산의 산맥에 둘러싸여 있는 만큼 그 내부의 소음과 주흥은 시간이 지남에 따라 절로 사그라들어 조용했다.

연중 거듭해서 방문하는 단골손님들은 이런 온천장의 분위기를 회심의 마음으로 매우 좋아했다. 온천장은 각박한 현실에 지친 사람들의 도피처이자 사람과 사람을 연결해 주는 장소였기 때문에 어떤 손님이든 온천장에

발을 들인다면 격의 없이 다른 손님과 친분을 맺을 수 있었다.

　온천장에 정주한 건 예닐곱 살 때이다. 아버지의 사업으로 개장돼 발족부터 초엽, 호황했던 중엽, 그리고 가장 완숙도 있는 말엽 내에 있는 산피용은 오늘도 어김없이 취한들의 음풍영월에 온전히 노출되어 흥청대는 주객들과 부대낀다.
　온천장에서 몇 리 떨어진 시내에도 안주집이 여럿 있지만 술독에 몸이 곯은 호주가들은 구태의연하게 온천장의 요릿집으로 방문한다. 고주망태로 비틀대며 가겟집의 사립문이 부서지도록 강하게 박차고 들어와,
　"오늘 형편이 아주 좋은데. 더 마실 수 있겠어."
　"암만 그래야지."
　"술만 있다면 관록도 있다니까."
　이제 그들의 나이 때가 되면 취후에 떠올리는 과문한 취중의 기억에 말실수가 없나 하는, 초보들의 원려 따위는 끼어들 새가 없었다. 술김에 내뱉는 모진 말이라도 노주들 사이에서는 그저 친근하고 허물없는 아우성

인 모양이다.

제아무리 화중에 말문을 끊는 과단성이 없는 사람일지라도 줄기찬 대화에 쉼표를 찍고 시선을 던지리만큼 술에 취한 단골들은 호방하게 웃으며 얼큰하고 덧없는 취설을 주고받는다.

비록 과하게 음주할지언정 취기가 표 나지 않는 노객들의 연력은 산피용이 보기에 일상사이므로 딱히 저어한 감은 없었지만, 온천장의 숙객들은 여차한 굉음을 놀랍다는 듯이 바라보았다.

청등홍가에서 여리꾼 노릇을 할 법한, 그렇다고 마냥 지나치는 호객에게 수시로 무시당하는 꾼이라곤 할 수 없고, 음주가무에 관련된 연륜이라면 도통할 성싶은 노객 한 명이 다른 이들과 잔도 부딪치지 않은 채 저 혼자 술잔에 가득 따른 술을 한입에 식도로 들어부으며,

"이봐, 저번에 실컷 두들겨 패 준 그이, 아직 그 모임에 나오나?"

그러면서 얼근한 재채기를 연방 해 대, 콧물이 길게 늘어졌다.

"그땐 자네가 심했지."

노객은 콧물을 손등으로 받았다.

"말려 주리라 생각해서 더 그랬어. 모두들 정작 몸을 쓰지는 않았으니까."

"그래도 낚싯대를 부러뜨린 건 좀 심했어."

"인과응보 아니겠나."

"자식보다도 낚싯대에 쏟아붓는 애정이 더 많은 인간인 거 알지 않나."

"오초의 흥망은 내 알 바 아니지."

좌중에 있는 손님 모두가 성심껏 저만의 얘기에 빠져들다가도 어뜩 제각기의 말거리와 비할 바가 못 되는 재미난 세상 이야기가 당차게 오가는 쪽을 불식간에 바라보게 되어, 아무렴 노객들의 언변과 요설에는 이목을 끄는 현혹의 힘이 깃들어 있는 듯싶었다. 그도 그런 것이, 노객들의 동태를 생경하게 주시하며 홀로이 술잔을 비우던 온천 숙객이 음식을 남기고 자리에서 일어나 행장을 걸메자,

"음식이랑 술이 그대론데, 밑이 가벼우면 못쓰지."

낚싯대를 꺾었다는 좌상의 노인이 시비하듯 객쩍은 어투로 말했다.

"계산은 끝냈습니다."

단신인 숙객은 시큰둥하게 말하고선 노객의 질타를 가볍게 무시한 채 요릿집을 나섰다.

노객은 무안한지 이러한 치솟는 수치심을 억제하고자 공연히 다른 숙객에게 탄하며 괜스레 이 사람 저 사람에게도 말을 붙였는데,

"아이, 싱거운 사람이네. 그치요?"

말하면서 말갛고 홍조를 띤 볼에 미소를 서렸다.

"아까 전 욕탕에서도 마주쳤었어요. 아이가 물장구를 치느라 몇 방울 튀겼는데 실수라도 고압적으로 경고 주더군요. 성미가 그런가 보죠."

이번에도 홀몸 행색으로 술을 마시던 또 다른 숙객이 대꾸했다. 물론 숙객의 이만치 옆에는 어린아이와 아이 엄마처럼 보이는 여성이 있었지만, 노객은 외톨이를 상대하는 것이 간편한 만큼 숙객이 언급한 아이는 딴 집 아이라고 단정지어 버린 것이다.

"맹물스러우면 아무리 남이라도 힘들지."

"그렇죠."

"자네는 올해 들어 나이가 몇인가?"

"서른넷입니다."

"결혼은 했나?"

숙객이 등을 뒤로 젖히자 어린아이와 노객의 눈이 맞았다.

"아들?"

"이제 아홉 살입니다."

숙객은 노객의 잔에 술을 채웠다.

과연 세속의 긴장감은 시시콜콜 잊어버린 채 휴가를 보내는 마음에서 가장은 잔무에 치임 없는 느긋한 아버지가 되고, 어머니도 가사는 접어둔 채 여유를 부렸다. 모두가 도식(徒食)의 한가한 틈을 향수하는 유객이 되어 한갓진 평정심에 몸을 내맡긴 듯했다.

옛날에도, 오늘날도 손님들은 한결같다.

산피용은 그런 여전함을 예전엔 구부정한 허리를 한 채 술잔을 묵묵히 돌리며 지켜봤다.

그의 나이 여덟이었다.

그날 산피용은 다찌석 장의자에 앉아 손님들의 주문을 받는 어머니를 느긋이 지켜보았다. 그의 어머니가 손님을 상대해야 하는 일선의 친절한 음성을 띠며 말했다.

"고주를 물처럼 자셔도 팔팔하신데. 금방 나와요."
"우리는 마시고 왔어. 주문은 해 뒀으니까 천천히."
"도대체 몇 군데에서 마신 거예요?"
"수차."

어린 산피용은 이러한 장면을 한눈팔지 않고 눈여겨보다, 한 노객이 불편한 눈치를 보일 때서야 '술꾼'의 눈치에 기민해졌다. 노객 일동이 일제히 일별하는 이목을 슬쩍 피하며 짐짓 바람이라도 맞으러 갈까 했다.

"이보게. 너는 나이가 몇인데 술을 마시나?"

어쩐지 제일 으뜸가는 노인이 음습한 말씨로, 이석하려는 동태를 취하는 산피용을 붙잡으며 물었다.

"여덟…."

주변 손님들의 눈치를 살피며 나직이 속삭였.

산피용은 질탕하게 마시는 노객들과 같은 공간에 있는 것만으로도 한올지다고 생각했지만 막상 어른이 다음과 같이 물으니 탈기가 되어 움직일 수 없었다.

"제 아들이에요. 그만 내버려두세요."

그의 어머니가 변론하며 나섰다. 산피용은 낯선 것으로부터의 도전이 용기를 전제하게 만들어 약간의 자신

감이 붙게 되는 것처럼, 일부러 허리를 꼿꼿이 세우고 만만한 태도를 지으며 어머니만을 바라보았다.

"역시 코가 닮았어."

그러자 다른 노인이 산피용을 뚫어져라 쳐다보며 말했다.

"아니지. 눈이 판박인데."

"이렇게 다 큰 자식이 있었던가?"

으뜸의 노객은 빈정대며 머리를 뒤로 쓸어 넘기곤 몸가짐을 흐트러트리며, 옆 남자 손님에게도 도탑다는 듯 굴었다.

"자네가 보기엔 코가 닮았는지, 눈이 닮았는지 말해 봐."

역시 남자 방문객의 표정은 떫었다.

양친과 산피용 또래의 어린아이, 세 가족이었다. 아이의 이마에 깊게 파인 상처가 있었다.

"어디 보자."

노인이 말하며, 집게손가락에 침칠한 뒤 아이의 이마에 가로로 쓱 그었다.

"술독이 오른 침을 발라 두는 것만큼 흉터에 효과적인 약도 없지."

아이의 아버지는 표정이 썩 좋지는 않았지만, 은근히 웃음 지으며
"감사합니다."
사의를 표했다. 모두가 멋쩍게 웃었다.
"이쯤에서, 자, 요리."
산피용의 어머니가 노객의 관심을 돌리기 위해 숙주와 살코기를 간장에 볶은 요리를 노인 앞에 들이밀었다.
노인은 어설픈 젓가락질로 숙주에 고기를 곁들여 입에 넣었다.
"역시. 변하지 않는 맛이야."
산피용은 왠지 뿌듯하면서도 술잔을 들면 다시금 지적을 받을까 봐 그것을 스윽 저만치로 밀어 놓았다.

주연을 베풀면서 질탕하게 마시는 아버지와 술독에 빠진 어른들의 훤소가 자아내는 환경은 산피용이 어진 성인으로 성장하기 위해 귀감이 될 수 있는 본보기나 모범에 관성을 띠었다.
손님 간에 일어나는 사소한 밀애를 엿보거나 동배의 처녀들이 온천장에 몇 박 묵고 갈 경우 그녀들과 암암리

에 사랑을 주고받고 종내 사별하는 경우가 숱했다.

과연 그의 어머니는 올곧은 어른이 될 수 있을까? 근심에 시달렸다. 그러나 산피용은 오늘날까지도 아버지의 슬하에서 제반 잡사를 거들며 온천장을 어슬렁거린다.

되는대로 거닐면서는 최대한 단골손님들과 시선이 맞지 않도록 주의를 기울이거나 그들의 시선에 유난히 신경질적이었는데, 그 이유에 대해서는 산피용 본인도 진절머리가 날 지경이었다. 술을 병째로 들이켜는 손님들의 시야에 산피용이 잡히는 순간, 그들은 막무가내로 불러 세워 말동무로 삼았기 때문이다. 물론 마뜩잖은 기색 없이 응대 취지에서 손님들의 얘기를 경청했다.

그렇게 얼마간 취객들에게 덜미가 잡혀 옴짝달싹 못하게 되면 종국에 가서야 적잖은 거짓말로 그 자리를 뜨는 것이었다. 이후엔 간단없이 거듭되는 지겨운 일상에 지친 사람처럼 온천장 인근의 시가지를 어정버정 배회했다.

그는 또 다른 세상을 경험할 기회가 그다지 없었다. 전국 각지에서 방문하는 숙박객들의 싱거운 이야기가 이렇다 할 흥밋거리도 되지 못했기 때문에 유년기를 거쳐 성년이 된 산피용은 어느 순간부터 자연스레 취객들을 상대하지 않았고 오직 자신을 지긋지긋한 국지적인 세계에서 구출해 줄 대상(對象)을 좇기 바빴다.

  부모와 동행하여 온천욕을 즐기러 온 가려한 아가씨들에게 눈독이 들어 온천장의 주석(酒席)을 향유하는 부모들 몰래 자연을 산책하거나 온천장을 배회하는 '그녀'들에게 접근해 말을 붙이는 정도가 그의 갈망을 해소할 수 있는 전부였다.

  아버지 역시 각혈을 하시고 술로 죽었다.
  정조 관념은 없었지만,
  순결을 잃으니 세상이 다르게 보였다.
  온천장이 조용하다.
  떠나간 이들.

  겨울의 태양이 이글거리는 오후. 떡갈나무가 이루는 교림을 아버지와 둘이서 산보했다. 요즈막에 그의 아버지는 시종 기침을 달고 살았다. 너무나 많이 허약해진 상태였다. 삶으로부터 이끌어 내야 함 직한 의지가 결심이란 형태를 가지기도 전에 피로와 삭신의 통증에 무심히 먹혀 버릴 따름이었다.

늦겨울임에도 불구하고 추위가 기승을 부렸다. 산피용이 완력만으로 아버지의 중심을 잡거나 걸음을 유지시키기에 충분했을 만큼이나 병약하였기 때문에 아버지의 체중을 자신의 편으로 부담했다.

"하루에 조금이라도, 반드시 걸으셔야 해요."

말을 맺고 아버지의 옆얼굴을 바라보니 피골이 상접하여 왈칵 눈물이 쏟아질 것만 같아, 괜스레 나무의 꼭대기를 올려다보았다.

실상 아버지는 산보마저 내켜 하지 않았지만 요즈막에는 병색이 뚜렷해진 탓에 산피용 쪽에서 살살 종용하여, 인색에도 불구하고 외출을 수시로 해야 할 처지였다.

"용출량.[1]"

아버지가 나직이 속삭였다.

"일은 잠시라도 쉬시는 게 좋아요. 용출은 전국 최고니까 일은 내버려두고, 일단 건강을 회복하는 게 우선이

---

1. 솟아나는 물의 양.

에요. 말을 아끼세요."

그러자 그의 아버지는 어렴풋이 실소를 터뜨리며 하지 말라는 손동작을 내저었다.

***

지난 모심에 감화되어 현재의 사랑을 하대했으니, 이러한 정죄(定罪)는 오늘날의 그녀가 가하는 이별의 급살에 맞서더라도 이전 사랑을 잊는 것은 지난하다는 의미로 여겨질 따름이다. 산피용은 초련의 잔영이 뒷걸음질하며 달아나는 것을 보고 본인에게 아낌없는 사랑을 주는 나고사를 뿌리치면서까지 그 그림자를 붙잡으려 악착같이 버둥질했다.

이윽고 그림자의 팔목을 움켜잡았으나 그것은 주먹을 불끈 쥔 거나 다름없게 되었다.

산피용은 자신의 허울 좋은 외모를 높게 평가하나 광조의 정신 상태와 사상은 자학적으로 폄하하고 있는 인물이었으므로 다음과 같이 말했다.

"나라는 인간의 본모습도 알지 못한 채 사랑을 주는 허사가 얼마나 우스운 꼬락서닌가!"

그는 자신을 진정으로 사랑하는 나고사를 암암리에 조소했고 면전에선 상냥했지만 이면으로는 그녀를 겨냥한 중상모략을 일삼았다.

언젠가 추운 겨울 아래, 땅거미 질 즈음에 염소를 모는 노인을 봤던 때의 일인데, 그 둘은 전신주에 간신히 매달려 빛을 발하는 고딕풍 등불이 밝히는 반경 속에서 아침에 마신 커피의 풍미에 대한 이야기를 나누고 있었다.

"흰 머그컵이어야만 해. 김이 하늘로 피어오르는 걸 본 다음, 뜨거운 커피로 입술을 축이면 그제야 겨울의 찬기마저 따스해지는 거라니까. 시리고 건조한 날씨에 피부가 푸석푸석해지면 그때 마시는 커피 한 모금이 제일 맛있지."

나고사는 어슴푸레한 밤하늘에서 쏟아지는 강설을 바라보며 이야기했다. 산피용은 그녀의 연한 손등을 어루만지며 말했다.

"원두의 품질이 고급이라 그런 거지. 기어코 커피의 맛은 원두가 좌우한다니까."

그리고 느슨히 기지개를 켜 경직된 자세를 풀곤 대화

의 화제를 당장 눈앞에 펼쳐진 을씨년스러운 풍경에 두려는 눈치로 "흰빛 밤하늘에 내리는 눈이라, 야반에는 눈도 희고 하늘도 희고 사방이 하얗게 보이나 봐." 왠지 심드렁한 투로 말했다. 나고사는 공감을 사려 했던 자신의 얘기에 말려들지 않는 산피용의 대척에 괜스레 무안한 심정이 들어 산피용의 눈길을 얌전히 읽다가 그가 응망하는 저만치 하늘의 어두운 밝음을 쳐다보았는데, 이슥한 산 위로 황새 한 마리가 우아하게 날고 있었다.

구름이 나직이 깔린 하늘에서 흘러내리는 눈은 아무런 소리도 없이 땅거죽으로 슬며시 가라앉았다. 눈발조차 소리를 죽이기에 정적은 더해져만 갔다. 마지못해 나고사 쪽에서 여름은 요란한데 겨울은 차지만 고요하다, 말하자 산피용은 굳고 냉소적인 음성으로, 두 눈을 감고 가만히 귀를 기울여 보라, 구름이 흘러가는 소리나 눈이 바람에 휘몰아쳐 약동하는 소리가 들린다, 말하였다. 이에 나고사는 넌지시 자연의 소리를 들어 보겠다며 어줍게 눈을 감았다.

아무런 소리가 없었다. 산피용에게 역시 겨울은 고요의 계절이라고 하자 또 한소리 먹었다. 그때, 염소 무리와 남루한 차림의 몰이꾼이 그들의 안계에 있는 설로의 첫머리에서 아스라이 모습을 드러냈다. 한참이나 눈길을 걸었는지 노인의 모자챙에는 비참하리만치 눈이 많이 쌓여 있었다.

판에 박힌 듯 일제히 고개를 푹 숙이고 기운 없이 지나쳐 가는 염소 떼와 노인의 그림을 보고 우스운지 나고사가 피식했다.

눈이 내리면 조용하다. 모든 허공의 것들이 대지로 가라앉고 미세하게나마 벌레들 움직이는 소리와 공기 분열하는 소리가 들린다. 나고사가 연신 실소를 터뜨리자 염소 한 마리가 광분이라도 한 듯 머리를 내세워 달려드는 게 아닌가. 나고사는 화들짝 놀라 비명을 지르는 동시에 거꾸러졌다. 노인이 다가와 뿔을 잡고 힘을 써 염소를 다시금 무리의 행진에 세웠기 때문에 부상은 없었다.

"정중하게 사과드리지요. 미안합니다."

노인이 말하며 주머니 안을 더듬거렸다. 나고사는 언걸먹은 표정으로 팔뚝을 쓰다듬으며 "아니요. 괜찮습니다." 말했지만 노인은 귀가 멀었는지 듣는 시늉도 안 하고 허리를 왼쪽으로 약간 돌려 옷에 달린 큰 주머니를 뒤

적뒤적, 그러는 와중에 머리가 가려운지 연신 정수리를 긁었다. 노인 쪽에서 죄스러워 읊을 내려는구나, 예상했는데 노인이 주머니에서 꺼내 든 건 빛깔이 좋은 사과였다. 나고사는 그것을 어설픈 몸가짐으로 받아들었다. 노인은 근육이 굳어 가누기도 힘든 고개를 까딱 숙여 겸연쩍게 인사하곤 다시 염소 떼를 몰았다.

산피용은 얼굴에 당황이 서려 있는 나고사를 향해 용서하라며 무심하게 말하고 나서 자리에서 일어나 저만치 가는 염소 떼에게 손 인사를 했다.

"사과가 병들었는데 벌레도 먹었어."

그녀는 사과를 두리번거리며 살피더니 기겁을 하며 그것을 멀리 대충 던져 버렸다. 산피용은 그런 나고사에게 심술부리지 말라며 사과를 다시금 주워 와 지면에 쌓인 눈으로 쓱쓱 닦고는 챙기라고 경고하듯이 말했다.

데이트 때 건네는 호의 모두 작태였을뿐더러 산피용은 쓴웃음 지으며 짐짓 나고사에게 키스를 했다. 그녀는 산피용에게 무시로 괄시당하는 처사를 썩 긴 시간 동안 버텨 왔기 때문에 언젠가는 자신 쪽에서 분명히 반격에 나설 필요가 있다고 생각해 왔다. 어느 날, 가엾고도 슬픈 용기에 나고사는 다음과 같이 말했다.

"네 언사와 어투에는 예의라는 게 보이지 않는구나. 배려도 없고, 사랑의 신중(愼重)이나 조심스러움도 없어. 나를 업신여기는 게 분명하지? 그런 게 아니라면 지금 이 자리에서 나에 대한 연정을 증명해 봐."

산피용은 뱁새눈으로 그녀를 심각하게 쳐다보고는 아무런 말도 입 밖으로 내지 않았다. 그저 그녀를 유령 취급할 뿐이었다. 나고사는 전과 다를 바 없이 흘려듣는구나 싶어, 손을 양 허리춤에 올리고 울분을 토하듯 추궁했다.

"첫 만남, 그리고 그 이후와는 완전 다르잖아. 따로 생각하는 여자가 있는 거지? 도무지 단념할 수가 없는 여자?"

어처구니없게도 산피용은 언제까지고 무반응 하다 따로 생각하는 여자 부분에서 혈색이 싹 가시며 "저리 가." 딱 세 마디 했는데, 두 번은 참을 수 없는 모양인지 나고사가 검질기게 혀를 내두르며 거듭 '그 여자' 얘기를 하자 자기 앞에 놓인 나무 문진을 그녀로부터 스쳐 가게끔 아주 세게 던졌다.

 문진이 지면과 맞닿으면서 일은 둔탁한 울림의 잔음이 가실 때까지, 나고사는 하릴없이 눈을 내리깔고 입을 굳게 다문 뒤 어떠한 반격도 하지 못하였다. 자신이 가긍한지 투기가 가신 어두운 안색을 띠고선 말이다. 이내 분통과 억울함으로 선 채 훌쩍거리며 눈물을 터뜨렸다. 산피용과 함께하는 일상사의 틈바구니에 있는 천재일우와 같은 질문과 항변의 기회가 폭거의 응답에서 너무나도 힘없이 일축됐기 때문이다. 산피용은 얼마간 염소 떼 무렵의 상황처럼 뭐든 귀찮다는 식의 형색으로 구시렁대며 문진을 주워 들었다.

 가열(苛烈)을 다짐하며 전쟁의 강에 입수한 나고사는 뭍으로 올라온 직후, 치욕과 망신의 감정만이 잔재함을 감득했다. 심지어 언젠가 가주키가 산피용 자신의 데이트 광경을 흘낏 목격했을 적에는 목덜미부터 시작해 전신이 두루 달아올라 마치 홍당무와도 비슷하기까지 했다.

 구주의 교와 본인이 세운 신앙에 달려들어 귀의한 기저를 감안해 봐도, 실상 나고사에 대한 연정이 아예 없진

않지만 일찍이 맹신적으로 완숙해진 산피용은 키스와 정사, 이외의 육체적 접촉이 교리에 어긋나는 불결한 행위라고 생각했다. 본디 누군들 자유재량에 맡기는 무애의 사랑이 그러한즉 그녀와의 거침없는 신교는 연인으로서 떳떳하고 가당한 노릇이건만 산피용은 이러한 총체적인 연애와 애무, 이에 대한 죄벌은 본연의 신앙을 망실한 개종자가 종교적인 정체성으로부터 혼연하지 못하며 거기서 부정(不正)의 죄책감을 느껴 스스로의 이마에 악의 죄인이라는 불도장을 찍는 경우와도 엇비슷하다고 여겼다. 그가 나고사와 포옹하는 것은 신의 계명을 준행하지 않겠다는 발로이며 예수의 면전에서 악마의 육신을 어루만진 것이나 다름이 없는 것이었다.

물론 나고사가 악마의 가면을 쓴 연기자 역할을 맡고 그 위치에 있을 뿐, 산피용은 그녀 자체를 악마로 여기지는 않았다. 그녀는 사랑의 배역이었고 산피용은 속량하는 예수의 발치에서 사랑을 선택하면 안 될 뿐이었다.

필시 산피용이 사랑과 종교를 상극에 둔 연유가 존재하기 마련이건만 그는 그 이유를 자기 자신에게마저 일소에 부치고 극비리로 두었다. 단지 그의 신앙의 교리가 애정 행각을 금기하고 있다는 사실, 그리고 이를 어길 경우, 금시에 자처하여 자신의 겉 피부에 낙인을 찍어야 한다는 저주가 그의 사랑에서 긴장의 끈을 놓지 못하게끔 할 뿐이었다.

그럼에도 나고사와 헤어지지 못하는 산피용의 황당무계한 사정을 아는 사람들은 여차한 내막을 당황스럽다는 시선으로 비판했다. 허나 산피용의 실심하지 못한 사랑은 그의 입장으로 미루어 보아 맹랑한 부분이 있으리라. 사랑과 신념의 충돌에서 그가 피치 못하게 포기해야 하는 것이 있었다면 그것은 바로 아무런 회의와 두려움 없이 나고사와 포옹을 하고 손을 잡는 것이었다. 그렇지만 연인으로서 신체적 접촉이 있지 않고서야 어떻게 서로를 끝까지 신뢰하고 사랑할 수 있겠는가. 산피용은 끝끝내 나고사와 결별하지 않고 종교와 연인이라는 각각의 위상을 정립했다. 바로 나고사와 함께 예배를 드리는 것이었다. 종교와 나고사의 위상을 정립한 이상 그녀를 여느 때건 만질 수 있었으며 딱히 이별을 선고할 명분도 없었기 때문에 그녀와 갈라설 수 없었다.

산피용이 나고사와 나란히 걸어가는 모습을 가주키가

보았을 때 산피용이 가주키의 시선을 눈치채고 혈조가 타오른 이유는 '과거' 산피용 쪽에서 아주 철면피하고 면목 없는 사랑의 장난을 부렸기 때문이다.

"이만하자. 그 정도로만 해 두란 말이야."
과거, 구름밤 강어귀의 수변에 놓아진 반석에 나란히 앉아 있던 가주키를 향해 산피용이 은밀한 어투로 통보했다. 가주키의 내안각이 발갛게 어두워지며 눈자위를 따라 눈물이 흘렀다. 눈물의 모양새로 보아 그녀는 참았던 서러움이 끝내 북받쳐 막부득이하게 눈물을 흘린 것이었다. 그녀는 대답 없이 혈안이 된 눈을 하고 고개를 왼쪽으로 돌려 산피용을 쳐다보았다. 산피용은 가주키가 자신을 쳐다보고 있음에 아무런 문장이라도 입 밖으로 내야 한다는 생각으로 말했다.
"나는 사랑에 취약한 사람일 뿐이야."
이에 가주키는 아무런 대꾸도 하지 않고 소리 죽여 흐느꼈다. 그들은 도막 난 구름 몇 점이 떠다니는 밤하늘 아래에서 헤어질 무렵까지 아무런 말도 주고받지 않았다. 막바지에 다다랐을 때 산피용이 팔을 벌려 그녀를 포옹하려고 하자 기다렸다는 듯이 안긴 그녀의 눈물 자국만이 오늘날 산피용의 옷 앞섶에 얼룩져 남아 있을 뿐이었다. 한쪽에서 사별을 통보한 이상 남은 한 사람은 더 이상 연인 간의 장래를 설계하려 들지 않으며 예정된 행복들은 보란 듯이 파괴되어 흩어져 버리는 것이다. 오늘날의 산피용은 가끔가다 그녀가 남긴 눈물 자국의 냄새를 깊숙이 들이마셨다. 그녀의 눈에서 흘러나온 그적 향수(鄕愁) 냄새가 산피용의 감회를 자극했다. 눈물 자국의 향기는 그날 밤 구름이 흐르던 밤하늘의 정경을 그대로 담아내고 있어, 산피용은 그 당시의 영상을 머릿속으로 그릴 수 있었다.

연생(緣生). 사물의 근원은 인연으로부터 생겨난다는 뜻이다. 산피용은 한 인간의 성상(性狀)은 본성을 기반으로 잉태된다고 믿었으며, 매사 선택의 기로에 서 있는 사람들이 성상에 준하여 접어드는 갈림길의 어귀는 결국 인연이란 이름을 가진 길로 통한다고 생각했다. 하물며 조우라는 것은 우발적인 만남이 아닌 자신의 본성에 의해 이루어진 필연적 만남이라 믿어 의심치 않았다. 등

반가가 깎아지른 암벽을 타다 조우하고 수선화를 사랑하는 사람들이 수선화가 만개할 시기에 만나는 것은 단순히 비슷한 취미와 심미로 인해, 즉 이러한 성품들로 말미암아 조우할 수 있는 공산이 높음에 성사된 것이 아니다. 엇비슷한 관심사에 의해 맺어진 만남은 필연이다. 산피용은 그렇게 생각했다. 산피용은 꽃을 사랑했고 가주키 또한 꽃을 사랑했다. 그러므로 꽃이라는 매개체의 촉매로 만나게 된 서로는 당연하게 비슷한 성상과 취미, 그리고 본성을 가지고 있게 마련이다.

당시 산피용과 가주키는 황수선화가 펼쳐진 광활한 들판의 모처에서 서로의 존재를 전연 인식하지 못했다. 산피용은 이슬이 고인 꽃망울을 피부로 느끼며 꿀을 나르는 벌을 관찰하고 있었고 가주키는 꽃의 꽃판을 일일이 떼어 내며 시 한 편을 읊조리고 있었다.
아무래도 상례의 일반인이 난개한 꽃들의 빈틈에서 이처럼 시를 낭독하거나 무위한 시간을 흘려보내는 건 흔하게 있을 법한 예삿일이 아니므로, 산피용은 꽃 내음이 실어 나르는 달콤한 흐름에 아름다운 음성이 혼입된 것을 알아차리고 자신이 꿈을 꾸고 있는가 하는 착각에 긴장을 늦추며 벌판의 꽃들을 느긋이 지켜보았다.

 바람 소리가 들렸고 계절의 소리가 들렸다. 코허리로 미끄러져 인중으로 떨어지는 진한 꽃향기도 불어왔다. 그 어울림 안에서 울려 퍼지는 음성은 꿈 내부의 음성이라고 해도 환청이 아니리라. 얼마간 불어오는 음성을 듣고 있다 선잠에 들었다.

 꽃들의 살랑거림 속에서 깨어났을 때도 결결히 다른 색깔의 시구를 읊는 목소리가 그의 귓전에 와 닿았다. 손을 지면에 딛고 상반신을 일으켜 주위를 둘러보았다.
 시선이 멎은 곳에는 배를 깔고 누워 매끈한 다리를 동동 구르는 여성의 뒤태가 보였다. 산드러지게 핀 꽃들 사이에 누워 있는 여성을 인식하고는 자신이 여태까지 꿈을 꾸고 있나 싶어 꽃술 가까이 코를 가져다 댔지만 달콤한 꽃향기만큼은 실세계의 향기라는 것을 여실히 말해주고 있었다. 산피용은 기척 없이 일어서 여성의 다리가 움직이는 곳으로 다시금 눈길을 던졌다. 그곳에는 곱슬머리의 매무새가 독보적으로 진한 인상을 비추는 작은 여성이 맑고 단아한 음성으로 시 한 구를 읊으며 꽃들 사이에 숨어 있었다. 여성의 안면을 확인할 방도는 없었으나 그는 불현듯 운명이라는 이름을 가진 꽃을 매개물로 하여 혼화된 두 꿀벌이 떠올라, 어쩐지 자신과 저만치에 슬며시 있는 낯선 여성이 아담한 꽃벌이 되어 가슴 속에 떠오른 황금빛 거대한 꽃의 영상 주변을 붕붕 선회하고 있는 상상이 들었다. 산피용은 몸체를 원상태로 취하고 곰곰이 생각했다. 아, 그녀와 눈이 맞는다면 얼마나 좋을까! 사방 천지에서의 동처(同處), 하나만을 보더라도 말 시초동 따위는 같잖은 잔말로 여겨지니 초대면의 눈 마주침은 금시에 말머리를 떼는 것과도 맥락이 같아 그야말로 언외의 대화가 아닐 수 없었다.

  그는 언외의 대화가 일반적으로 말을 주고받는 소통보다도 서로를 더욱 잘 알게 해 준다고 여겼다. 무언의 대화는 상대방의 육체적인 풍부함과 신변의 분위기에 경도됨으로써 유의미성을 띠었기 때문에 아무렴 상대방의 성을 느낄 수 있어서 좋았다. 또한 무엇보다 언어를 구사함에 있어 상대방의 기분을 헤아리지 않을 때, 실언으로 하여금 미수에 그치게 되는 첫 만남의 아쉬움을 느끼지 않을 수 있어서 좋았다. 소통의 금상첨화가 아닐 수 없다.

조우는 벌써 이루어졌다. 하물며 그녀 쪽에서 산피용을 바라본다면 조우는 인연이란 형태로 발전할 수 있었다.

아주 마침맞게도 산피용은 자신이 애장하는 시집의 시를 한 편 외우고 있어 그녀에게 격의 없이 말을 붙이고 거리낌 없이 대화를 트리라는 자신과 여유가 있었다. 다음과 같은 상념에 잠겨 있을 때, 그의 쪽에서 황금빛 향기를 실은 삭풍이 돌진해 그녀의 안면을 때리고 지나갔다. 바람이 꽃들과 두 사람을 훑고 지나가자 산피용은 그녀와 곧바로 눈을 마주칠 수 있었다.

산피용은 그녀와 마주 보게 되자 일부러 쓸쓸한 웃음기가 노니는 얼굴 만면을 한층 더 격하게 우울함으로 뒤덮고 고개를 까딱 숙여 보였다. 그녀도 옅게 웃음 지으며 산피용에게 천연덕스러운 손 인사를 건넸다. 그녀 쪽에서 먼저 말을 건넨 건 산피용에게 의외였다.

"여기서 무얼 하고 계시죠?"

산피용은 대답했다.

"꽃을 좋아합니다."

"들꽃 사이에서 노는 걸 좋아하시나 봐요?"

산피용은 그렇다고 대답했다. 그리고 시 읽기를 좋아하시나 봐요, 묻자 그녀는 시화(詩話)를 경애한다며 시집을 가볍게 흔들어 보였다. 산피용은 황망히 자신이 암기하고 있는 시의 제목을 그녀에게 말해 주었다. 시제는 「꽃날」이었다. 그녀는 모르는 눈치였다. 그래서 산피용은 그녀가 무안하지 않도록 말했다.

"꽃을 좋아하기 때문에 자연히 꽃에 관한 시를 알게 되었습니다. 괜찮으시다면 들려 드릴까요?"

그녀는 군말 없이 환성 같은 것을 내지르며 좋다고 하는 것이었다. 산피용은 마땅히 그녀 쪽에서 괜찮다며 손사래 칠 줄 알았지만 뜻밖에도 그 반대의 반응을 보이자, "근데 잘 기억이 안나요." 염치없는 변변찮음으로 말했다. 일련의 끝 이야기를 겉말로 치레한 변절자의 태도가 양단간의 선형에 큰 굴곡을 그렸기에 그녀는 입을 약간 벌려 심호흡을 토하고 일시에 앙다물더니, 주먹을 쥐었다 펴길 반복하며 눈썹 털이 튀어나온 살덩이의 긴축을 풀었다. 그러자 눈꺼풀 바로 위에 있던 눈썹이 보다 위로 자리 잡아 인상이 인자해졌다. 하지만 이는 남자 쪽에서 반드시 여자의 기분을 심구하여 헤아리게 하는, 그러니까 '현실로 옮기지 못할 실없는 공언은 여자들이 눈여겨보는 남자의 매력과는 반대편에 있지!'라는 관념을 산피용 스스로가 통감케 하는 낙망 어린 표정이었다. 신기하게도 산피용은 아차, 싶더니 정말이지 "기억나는 대로 들려 드릴게요." 말하는 것이었다. 목 상태를 점검한답시고 목을 두어 번 긁더니 다음 시를 읊조렸다.

 아름드리 벚나무 이파리
 화객들 호강시켜 주리
 그적, 나무가 섭섭한 작별에 놓여
 바람이 서리해 살며시 떠나간
 섭섭한 자식을 마음에 담아
 아, 벚꽃잎
 최후에 가 불시착하여
 일순의 계절에 물드니
 꽃놀이를 즐기는 아이들을 타일러
 어른들의 눈요기가 되어

벚꽃잎
억센 지면으로 살포시 앉아
갈변돼도 연연히 아름답다
버려짐이 어여쁜 꽃길을
벚꽃잎
아! 수많은 꽃들의 희생
흘러가는 구름
흘러가는 바람
눈여겨보았다가
세상의 끝에 작게 피어난
꽃 한 송이에게
넌지시 속삭였다
벚꽃잎
아름다운 전언,
꽃과 잎사귀의 어머니가 실문하니
세상의 극지에서 울려 퍼지는 선율
바람이 싣고 다시금 행복을 가져다주리
어느새 지구를 한 바퀴 다녀간 바람이
꽃들의 어머니를 방문했을 때,

아! 신록의 계절이더라

  시의 마지막 구절을 읊조렸을 때, 마침맞게도 그녀의 머리카락은 꽃향기가 밴 미풍을 맞아 사방으로 휘날렸다. 어쩌다 바람이 경로를 틀면 머리카락이 뒤로 쏠려 그녀의 이마가 훤하게 드러나기도 했다. 산피용은 그 윤이 나고 적당히 봉곳한 이마에 손바닥을 대 보고 싶다는 무례한 생각에 빠졌다가, 난데없이 그런 실례가 부끄러워져 "그쪽 머릿결에서 한동안 꽃냄새가 진동할 것 같은데요." 말했다.

  필경 그녀 쪽에서 뜬금없다고 생각하리만치 두 눈은 이마에, 마음 또한 이마에, 그러나 말로는 머리카락의 향기에 대해 얘기하고 있어, 시의 소감은 뒷전으로 그녀는 전면에서 붕붕 날아다니는 꽃등에와 벌에 관해 구태여 얘기를 꺼내지 않을 수 없었다. 그러나 그녀가 들꽃의 곤충이라는 말밑천을 건졌어도 그의 양 눈동자에는 이마에 들러붙은 머리카락을 원망하는 빛만이 감돌았다. 그렇게 얼마간 오가는 말이 없어, 그녀의 표정은 희미하도록 어색하게 일그러졌다.

일 년이 십 년 세월로 느껴지듯 그녀에게는 분초가 시간의 분량처럼 느껴졌으리라.

자신의 손등에 벌 한 마리가 사뿐히 내려앉았을 때서야 산피용은 그녀의 불편한 기색을 읽었다. 막바로 만난 사이에는 역시 상대방의 머릿결조차 거론하는 것이 조심스럽지 않을 수 없다는 생각이 들어, "죄송합니다." 황망한 몸가짐으로 용서를 구하자 그녀는 소리 내어 한바탕 크게 박장대소하는 것이었다. 지금 당장의 순간에 맹추처럼 보이는 산피용의 말씨가 송영하는 어조와 감미로운 말소리, 이에 부응하는 바람 좋은 날과 어울리지 않고 멋쩍었기 때문이다. 하지만 산피용의 낭독으로 감격한 그녀는 결국 이렇게 말해 주었다.

"공감할 수 있겠어요. 방금 전 당신의 시가 주었던 감동 말이죠. 아마도 이 감동은 공감과 같은 이름을 가지고 있을 거예요."

산피용은 고개를 갸웃하고는 의미심장한 말을 하는 그녀를 똑바로 바라보았다. 그녀는 연이어 말했다.

"당신이 시 한 편을 암기한 그날은 오늘과 같이 눈부신 경치였을 겁니다. 황수선화가 있고 꽃 내음이 풍기고 지금처럼 바람 좋고 미적지근한 날이었을 겁니다. 당신은 '그날'로부터 감명을 받았습니다. 곧바로 당시의 아름다움에 상응하는 시 한 편을 암기하셨겠죠. 시집의 책장을 이리저리 넘기며 시제를 흘겨보다, 이거다! 하는 제목을 발견하고선 시용을 음시하신 게 틀림없어요."

산피용은 그녀의 얘기를 묵묵히 듣다, 언젠가 자신이 이 꽃밭에 왔을 때 주위 환경에 고취되어 급히 선택하여 암기한 시가 맞다고 일러 주었다. 그리고 다음과 같이 말했다.

"시라고 해 봤자 남모르게 일어나는 생태계의 현상들을 고스란히 베끼는 게 전부예요. 자연이 모든 착안을 주니까요. 자연이 인간에게 아름다움을 선사하는 데에 어느 정도의 희생이 뒤따른다는 것을 깨우치고 나면, 이다음부터는 자연이 소연하게 귀띔 주는 입속말을 들을 수 있게 됩니다. 자연의 통사정을 듣고 어찌 길목에 깔린 분홍색 꽃길보다 잎사귀 하나 매달려 있지 않은 쓸쓸한 나뭇가지를 올려다보지 않을 수 있겠습니까. 아, 공감. 저도 언젠가 잎사귀를 떨어뜨리는 나무와 같았던 신세였죠. 제가 쓸쓸한 나뭇가지를 올려다본 소치 말이에요. 그래서 자연에 관한 시에 공감을 할 수 있는 겁니다."

말을 맺고 산피용은 씁쓸하게 후후 웃으며 꽃잎의 얇은 표면을 엄지와 집게손가락으로 문질러 비비듯 매만졌다.

"미언이군요."

그녀가 말했다. 그녀의 눈에 비치는 산피용은 단순히 아름다움을 눈으로 담기보다는 마음으로 기억하고 그것을 우려내 한 편의 시를 외운 심미적인 사람이었다. 피조물을 데생하는 화가나 피사체를 촬영하는 사진가보다도 물상(物象)의 사연과 여한에서 이끌어 낸 꽃과 나무의 이야기가 그녀의 심금을 울렸다.

"제 이름은 가주키예요."

통성명하며 산피용에게 다가가 악수를 건넸다. 꽃을 지르밟지 않기 위해 지면에 난 것들을 걸러 가며 다가오는 그녀의 모습을 눈으로 좇고 나서야 산피용은 가주키라는 여성의 용모와 맵시를 제 눈으로 똑똑히 확인했는데, 무르녹은 과일이 시고 달듯 그녀의 심미도 농익어 그 짙음을 타자가 외견에서 바로 알아차릴 수 있을 정도였다.

한밤중까지 더불어 있었다. 그들은 시와 자연에 관해 이야기를 주고받았으며 황수선화밭에서의 만남을 묵시적으로 만끽했다.

그날 밤 산피용과 가주키는 황수선화밭에서 삼 리 정도 떨어진 해안 길을 걸었다. 얼룩무늬 진 밤바다의 유광에 훤히 내비치는 가주키의 안색은 혼명(昏明)으로 이지러졌고 그녀는 산피용의 얼굴을 사시하며 방파제와 면해 있는 난간대와 모로 걸었다. 어쩌다 양편의 얼굴이 마주치면 가주키는 부끄러운 듯 얼굴을 붉히곤 시선을 거둬들였다.

홍조 오른 뺨은 밤의 윤광 속에서 별난 색채를 띠며 이내 식어 갔다. 인조적인 불빛 없이도 눈부신 사위와 잔잔한 물의 표면은 달빛의 월광으로 아름답도록 환연했다.

"이쯤에서 헤어질까요?"

가주키 쪽에서 먼저 끝을 말했다. 모든 이별이 섭섭함을 동반한다는 이치를 잘 알고 있는 산피용은 태연하게 고개를 끄덕이며 그녀의 뜻에 거부 의사를 보이지 않았다. 헤어지기에 앞서 다음 만남을 기약했다. 가을에 만개하는 황수선화가 개고 그들이 조우했던 황수선화밭이 눈판이 되면 그 위에서의 만남을 약속했다. 아마 세밑가지의 섣달그믐날, 대설이 펑펑 쏟아질 즈음에 재회하리라.

"저는 고향으로 하경합니다. 그곳에서 공부를 해야 합니다. 시험을 치르니까요."

가주키는 야학을 다니며 공부하는 학생이었다. 산피용이 무슨 공부를 하느냐고 묻자 가주키는 국문을 공부한다고 얘기해 주었다. 그리고 자신이 하는 일이 창조라면 창조라고 볼 수도 있겠지만 언뜻 범사를 일신하고 색다른 의미로 부활시키는 작업이라고 강세를 주며 이야기했다. 아무튼 이들의 마지막 대화였다.

"남들의 눈에 비치길, 국문을 공부하는 사람의 호과는 대문호의 열에 드는 것입니다. 누구나 마찬가지죠. 저도 그래요. 근데 저는 다소 반감을 가지고 있는 부분이 있는데 이건 아무래도 현대 문학의 천편일률적인 작품과 이를 선정하는 고위자들에 대한 악담으로 들릴 수는 있을 거예요. 이를테면 자타가 공인하는 문인의 반열에 들기 위한 도상에서의 노심(勞心)과 글의 실제 가치, 그러니까 합평으로 말미암은 좋은 평론만이 신생 문인의 고지라면 저는 그것이 그저 다산(多産)성을 지니고 있을 뿐, 그 외의 가치는 없다고 생각해요. 과정에는 아무렴 제 땀과 피가 녹아들어 있지만 결과와 이가 같은 가치, 즉 작품성은 단지 평론가들의 말 한마디에 놀아날 뿐이죠. 중언이면 쇠도 녹인다고 하는데 저명한 대문호들과 비평가들이 머리를 맞대고 내리는 판결을 감히 신생 작가가 지적이나 할 수 있겠어요? 자식을 꽤나 많이 둔 어미의 고생과 업적이 마리아에게 격찬받음으로써만 유일한 가치성을 띤다면, 그러니까 내가 창조한 문학에 허여되는 진가가 대문호의 슬하에서만 결정되는 것이라면 저는 자식을 낳지도, 습작과 글짓기를 공부하기도 싫거든요."

그녀는 관대하면서도 중후한 눈빛으로 이야기했다. 산피용은 한평생 여느 문인이 추구하는 미덕과 그 정수에 관해서는 조금이라도 깊이 파고든 적이 없었기에, 알아야 면장을 하지, 속으로 중얼거렸다. 그러나 그녀의 가차 없는 진지함이 무척 귀엽게 느껴지는 듯 하여 팔짱을 끼고 "계속 말해 보실래요?" 아는 체하는 낯빛을 내비쳤다.

"그럼 국문의 무게를 괴고 있는 지지대의 이름을 무어

라 생각하세요?"

그녀는 미연에 생각해 둔 질문이라도 되는 듯 난데없이 까치발을 하고 산피용을 정면으로 올려다보며 물었다. 그는 얼굴을 붉히며 창황망조 놀라는 동시에, 문득 '갑자기 공격하는 것'이 성경에서는 발꿈치를 들다, 라는 의미로 통용된다는 것을 떠올리고 얌전히 그녀의 아담한 발치를 내려다보며 얼마쯤 뜸을 들이다 "옛날 사람들이 내놓은 문학"이라고 대답했다. 그리고 어차어피에 그녀의 긍정은 사지 못할 거란 생각이 들어 "그냥 제 생각일 뿐입니다."라는 첨언을 덧붙였다.

"역시 당신도 시를 좋아하시니까."

그녀가 말끝을 흐리며 말하기에, 산피용은 그녀의 가슴속에 있는 정답으로부터 빗나간 자신의 대답이 어떤 시를 좋아하는 사람들의 특질과 모순된다고 생각했지만, 놀랍게도 그녀가 정작 그렇게 대답한 이유는 시경(詩境)을 이해하는 자들, 그리고 시정(詩情)이 있는 자들, 마지막으로 시흥을 느껴 본 사람들만이 알 수 있다는 식의 해답과 맞물렸기 때문이었다. 추가로 그녀는 문학에 대한 만인 공통의 편견들과 부조리함을 반드시 갈파하겠다, 라는 강한 의지를 내세우고 심지어 논외로 일산상의 이야기들을 인용하면서까지 국문에 대한 자신의 진정을, 굳은 의지를 표명했다. 산피용은 고작 본인의 견해를 이처럼 열중하여 피력할 이유가 있을 성싶을까, 생각하다가도 당장 처음 만난 사람에게 자신의 포부와 과업을 가감 없이 늘어놓는 것이 무언가 일깨워 주기 위함이 아닌가, 라는 생각으로 귀결되어 흐뭇했다. 그러나 대화의 종결이 어떠한 기미 속에서 점점 짙은 색을 드러내 보이자 산피용은 허무가 서린 한숨을 연거푸 내쉬며 그녀에게 마지막으로 할 말을 했다.

"분명히 다시 만날 수 있겠죠?"

가주키는 "약속했으니까요."라고 말하고는 어색하게 웃은 뒤 왈가닥처럼 산피용의 팔뚝을 장난스레 건드렸다. 산피용은 억지스레 너털웃음을 지었다. 왠지 그의 얼굴에는 공허의 빛이 서려 있었는데, 그녀와 조금이라도 더 같이 있고 싶었던 것이다. 하고 싶은 말들이 혀끝까지 치밀었지만 산피용은 그 말들을 도로 삼켰다. 구태여 그녀를 붙잡아 두지 않고 약간의 무리 없이 헤어질 시간에는 헤어지는 게 나중을 봐서라도 깔끔하고 뒤탈 없는 이별이라고 생각했기 때문에 아쉬운 마음을 금세 다잡고 그녀에게 작별 인사를 했다. 왠지 모르게 마음이 미어져 눈물이 나올 것 같은 기색으로 그녀와 갈라섰다. 그리고 한동안 밤바다를 감상하며 멀거니 서 있었다.

오늘날을 이야기해 볼까. 본당에서 예배를 마친 산피용은 한낮의 백광이 뿜어져 나오는 나르텍스를 걸었다. 장중한 복도는 천장의 높이가, 예컨대 사람이 그 정도 높이에서 추락한다면 충분히 낙사할 만한 높이였다.

고개를 젖혀 천장의 마루를 우러러보니, 피가 쏠리는 듯 현기증과 성당 출입구에서 뿜어져 나오는 백광으로 인해 눈이 지끈대는 느낌을 받았다. 나고사가 옆에서 다음 행선지를 얘기했지만, 몽롱한 정신 때문에 그녀의 입속말은 수중에서 떠들어 대는 것과 다름없이 다가왔다. 고개를 제자리로 숙여 복도의 거울에 비친 자신의 얼굴을 봤을 땐 안구에 핏발이 서 눈가가 빨갛게 짓물러 있었다.

"이제 어디로 가지?"

그녀가 촘촘하게 숱이 많은 앞머리를 쓸어 넘기며 산

피용에게 물었다.

"목가를 느끼러."

가물이 들고 달포가 지나서 폭우가 쏟아진 날씨 탓에 산의 정상은 빗물을 받고 그것이 골짜기를 따라 흘러내려 저수지가 생겼다. 얼마나 갈지는 모른다. 다시금 가뭄이 대지를 가르는 날에는 저수지가 산의 비탈에 야트막한 물 자국만을 남기고 작은 수분 결정으로 변해 하늘을 날아다닌다.

뭐든지 풍부한 가을이 오면 그때는 강수도 넉넉하고 식량도 물풍하며 보기에 좋다. 수위가 올라 본래 괴어 있던 댐의 검푸른 물이 범람해 저주지와 합류하는 바람에 저수지에 각종 고기들이 유입됐다. 산피용은 수심이 얕은 지점에 범의 무늬를 띤 가물치의 지느러미가 물결에 따라 유유히 흔들리는 것을 보았다.

"물수제비 던질 줄 알아?"

가주키가 시범을 보이며 고작 3개 성공하자 산피용은 말없이 주섬주섬 납작한 자갈돌 두어 개를 찾아 들어 손목에 회전을 주어 가며 물의 표면으로 나직이 던졌다. 갈

수록 반경이 줄어드는 원형의 파문이 연달아 수면 위에서 일어났다.

"17개."

산피용이 말하자 나고사는 13개 언저리라며 우겼다.

"언저리라면 확정적인 개수도 아니잖아."

"내가 분명히 세어 봤어. 13개가량 성공이야."

"그런가."

아무렴 신록만큼이나 만산홍엽이 되어 가는 먼 산이 아름다웠다.

목가.

주변에 수초들이 많았다. 나고사의 키를 뛰어넘는 갈대와 억새. 아, 갈대가 교묘하게 가린 담수에 죽은 오리 시체가 썩어 간다.

산피용은 그것을 언뜻 보고 괴인 물을 다시금 갈대로 덮었다. 그러다가 손을 베였다.

벌어진 상처로 피가 났다. 통증은 미미하나 불쾌했다. 피로 입술을 축이고 대수롭지 않게 물수제비를 마저 던졌다. 그다지 깊게 베인 상처가 아니라, 쓰라림은 날이 이울면서 가시는 법이다.

잡풀이 그득한 경사를 오르면 시골집 곳곳으로 통하는 길이 나온다. 길의 끝까지 걷는다. 아무래도 그들은 가을 품속에서, 꿈같은 계절 속에서 투명한 잠자리 떼가 나는 것을 보고 육신이 서서히 사라져 가는 것을 느꼈다.
　미지근한 온도의 감각을 느끼며 뭉그적뭉그적 걷기만 한다. 역시나 춘몽.
　"지나오면서 국숫집 하나 기억 못 하지?"
　나고사는 말없이 고개를 좌우로 저었다.
　"상관없어. 국수 말고도 식사를 할 수 있어."
　향리의 노인이 준비한 밥상. 가을과 향리의 추억 담긴 고두밥과 나물을 먹고 그들은 다시금 느긋이 산책했다.
　만추의 벼가 찬란하게 불타오른다. 허수아비는 쓸쓸히. 여름이 가시고 남은 따스한 냄새, 그리고 목전에 닥친 겨울의 쓸쓸한 향기가 섞여 완성된 가을 속에서 싱둥한 꽃풀들이 여름과 함께 저물고 겨울을 준비하듯 잎사귀를 떨군다.
　낙엽. 죽음의 계절.
　바스락바스락, 낙엽 밟는 소리가 좋다.

그들이 어느 낯선 마을의 어귀에 이르자 개 짖는 소리가 들려왔다. 함부로 쌓아 둔 장작더미가 시골집 길섶에 쌓여 있었다. 나무 불 때는 냄새가 아름답도록 감개 어린 정서를 자아내 먹먹하게 가슴이 메 왔다.

설핏하게 이우는 땅거미의 운치를 따라 타닥타닥 타오르는 장작의 서정적인 향취를 맡으며 거니는 시골마을은 참으로 평온한 데가 있었다.

수확을 끝마친 들녘의 농지에는 곤포 사일리지가 있다.

들녘의 끝, 저 멀리 한껏 무르익은 벼는 서산에 가려지지 않은 황혼의 금빛 광선을 온전히 쬐고 있어 만추의 벼처럼 휘황찬란하게 타올랐다. 한편 응달의 농지는 썰렁하게 벌거벗은 채로 보존되어 있었다.

그들은 민박을 하나 잡았다. 나방이 알을 스는 계절인 만큼 민박집 현관의 외등에는 누런 알이 다닥다닥 붙어 있었다. 수선스러운 날갯짓을 하는 너덧 마리의 나방으로부터 보호를 받고 있는 낌새이다. 정원을 둘러싼 담과 면해 있는 나무에는 감이 주렁주렁 매달려 있었고 두꺼운 가지 위에는 닭이 몸체를 지탱한 채 올라가 있었다.

담벼락에서 풀무치 소리가 났다. 여러 동식물이 연출하는 민박집의 물상(物象)은 그야말로 대자연의 원형이었기 때문에 복판에 우두커니 지어진 건물은 도회적인 침해의 잘못을 만회하기 위해 그 어떠한 악영향도 끼치지 않는다는 약속과 공생하기 위한 조건인 현천(玄天)을 숙지하고 있는 분위기였다.

오후가 막을 내릴 즈음에 산피용과 나고사는 댐 마루에 다다랐다. 하늘을 매만질 수 있으리만치 드높은 댐의 마루에서 밤을 기다릴 성싶었다. 자정이 지나야 물고기들이 활동을 개시할 시간대여서 산피용은 지난번 저수지에 던져 놓은 어망을 이번 밤까지만 가져갈 생각이었다.

밤이 되자 나고사는 자꾸 별이 박힌 하늘이 손에 가닿을 것만 같다며 직립한 자세로 허공을 매만졌다. 산피용이 밤하늘을 올려다보니 꼭 은하수라는 여로에서 무수한 별들의 대거 횡단이 이루어지고 있는 듯 보였다. 주변의 가을 산은 어둠에 잠겨 버려 그 굴곡진 능성의 윤곽만을 곡선으로 나타내 그들이 서 있는 댐 마루를 광범위하게 에워싸고 있었다.

  화려하게 일렁이는 밤하늘은 원근감으로 인해 한없이 가까워졌다 멀어졌다 하며 산피용에게 쏟아지거나 그를 빨아들일 기세였다. 짤랑짤랑 반짝이는 별들은 제각기 이름을 붙여 줄 수 있으리만치 출중한 몇몇 별들에게 가려져 무색하다거나 모호해지는 법 없이 자기들만의 개성적인 미색을 한껏 뽐내고 있었다. 그야말로 별 세례였다. 찌를 듯이 눈부신 별들의 발광이었다. 산피용과 나고사의 마음속도 밤하늘처럼 일렁이며 아름다움의 여로를 형성하고 있었다.

  "슬슬 말이야, 이전에 던져 놓은 투망을 어서 확인하러…."

  나고사가 황홀경에 도취된 모습에 산피용은 왠지 그녀를 방해하고 싶지 않았다. 그래서 말없이 그녀로부터 떨어져 걸었다.

  초췌했다.

  산피용은 하늘의 어둑 아래에서 얼마쯤 민가의 불빛들을 한눈에 내려다보았다. 서 있는 좌측에는 인간의 간섭으로 괴인 자연 그대로의 호수가 넓게 펼쳐졌는데 댐에

저장된 물인 것이다. 그 댐의 저만치 아래에서 새 나온 물줄기가 지류의 합수 지점, 물의 고장으로 흘러들었다. 땅거미가 내려앉을 즈음에 산피용과 나고사가 물수제비를 던진 바로 그곳이었다.

　물의 고장에는 가겟집인지 살림집인지 일 층짜리 건물들이 우후죽순처럼 솟아나 있었다. 산피용은 가만히 그런 고장의 풍경을 감상하다 문득 저만치 아래, 물의 고장보다 어쩐지 댐의 검푸른 물이 마음에 들어 다시금 좌측으로 고개를 돌려 호수를 보았는데 막상 수심을 가늠할 수 없는 깊은 물이 새삼 무서웠다.

　물때 탄 암석들이 이루는 호수의 제방에서 멀찌감치 떨어져 댐 마루의 가변 난간에 밀착해 걸었다. 약간 쌀쌀하면서도 식은땀 나는 기온이었다. 그는 걸으면서 입속말을 중얼거렸다.

　"보고 싶다."

　곁에 있어야 할 누군가의 빈자리가 느껴지는 허전함이었다.

　한편의 일장춘몽을 연상케 하는 이 댐의 장소는 무언가 덧없는 여수를 불러일으키고 사랑하는 사람을 애타

게 갈구하는 자신을, 방황하며 우왕좌왕하는 자신을 여차하게 만드는 무서운 미혹의 힘이 깃들어 있는 것만 같았다. 가을의 뒤숭숭한 산은 구슬퍼 보였고 산피용은 동경의 아픔 때문에 울고 싶어졌나.

불어오는 미풍이라도 쐬기 위해 난간에 기대어 간신히 불어오는 바람을 음미하고자 목에 힘을 주고 시선을 고정했지만 금세 하느작하느작, 고개를 푸욱 내리깔고 미확보의 그리운 '사람'을 자꾸만 떠올리려고 애썼다.

그립고도 사랑하고 또 아름다운.

가슴이 조여 오고 착잡했다. 산피용은 연거푸 지금쯤 어디 있을까, 무엇을 하고 있을까.

독백의 말소리였다.

눈가에 눈물이 고였다. 미간을 찌푸리고 허심탄회한 한숨을 연달아 내뱉고, 질끈 쥐어진 두 주먹은 간절하도록 처량했다. 그 순간,

"수문을 열 건가 봐."

심장을 갈기갈기 찢어 놓으리만치,

아.

심중에서 메아리치는 현묘한 음성. 산피용의 감정은

격변하며 온화하고 슬픈 안도감으로 정화되었으며 이제 평강을 되찾은 기색이었다. 그는 도로 자신 내면의 소리에 귀를 기울이고 그 속으로 들어가려고 애썼으며 비집고 들어간 자신의 내면에는 나의 사랑, 나의 여자가 멀거니 서 있었다. 미풍도 물러간 잠잠한 기류 속에서, 만물의 태동이 일제히 둔해진 댐 마루 위에서 참을 수 없을 만큼 슬퍼졌다.

"오늘 수문을 여나요?"

여자가 되물었다.

산피용은 침울한 표정으로

"나도 몰라."

응답한 뒤 엉겁결에 뒷걸음질했다.

여자는 무안한지 갸우뚱 고개를 기울이고 감회로운 무표정으로 산피용을 한동안 바라보더니 이내 제자리로 고개를 거뒀다. 그리고 그들은 미리 정해 놓기라도 한 것처럼 발걸음을 옮겨 차근히 걷기 시작했다. 산피용은 무엇보다 하염없이 걷고 싶었다. 순결하고 차분하며 여유 있는 사랑이었다. 보조를 맞춰 여자의 곁에서 걷는 것만으로도 행복해서 눈물이 흐를 지경이었다.

댐 마루가 그 이상의 이어짐 없이 끝나는 지점에는 경사진 비탈길이 어딘가로 통하고 있어 둘은 그리로 걸어 올랐다. 사면과 어우러짐 없이 부조화하고 생뚱맞은 길이다. 그 끝에는 고풍스럽고 어쩐지 유물같이 보이는 정자가 우두커니 밤의 암흑 속에 자리하고 있어 창공을 배경으로 보기에 좋았다. 그 정자 위로 날개를 가누는 새 두 마리가 날고 있었다.

 어두워서 무슨 새인지 알 수는 없다. 그러나 여자 쪽에서 비익조네, 하고 말했다. 산피용은 침묵을 지키며 단조롭게 활공하는 새를 눈으로 좇았다. 남빛 야공에서 어지러이 선회하는 비익조의 신백(神魄)이 천체의 작은 야광 사이사이를 유려하게 떠돌고 있어 그 잔상과 여러 개의 분신 때문에 진짜 새를 눈으로 따라가기 힘든 지경이었다. 시야를 사로잡는 울렁거림으로 그러한즉, 갑작스레 형용할 길 없는 염증과 권태감의 감정이 밀려들어, 이마저도 혼연하게 여길 정도로 서글퍼졌다.
 정신을 차리고 보니 비익조 한 마리가 감쪽같이 사라지고 없기에 하늘의 구석까지 샅샅이 뒤졌지만 산피용은 사라진 한 마리를 발견할 수 없었다. 그리고 불길하게 스쳐 지나가는 애잔한 예감과 사념에 가슴이 옥죄어 바로 뒤따라오던 여자에게로 시선을 돌렸는데, 그곳에는 별의 불빛을 담고 있는 나고사의 거무죽죽한 두 눈동자만이 비칠 뿐이었다.

조과는 쏠쏠했다. 열댓 마리 은어의 비늘이 달밤의 정광을 받아 해반닥거렸다. 나고사는 물 밖에서 소리쳤다.
"뭐가 좀 들어 있어? 나는 다슬기를 조금 잡아야겠어."
그녀는 바짓가랑이를 거머잡고 허벅지까지 걷어 올린 다음 조심스레 물로 발을 담갔다.
"은어가 많이 잡혔어."
여봐란듯이 물이 뚝뚝 떨어지는 어망을 들고 산피용이 말했다.
"아이, 차가워. 오염되지 않은 물일수록 수온이 낮아서 그래. 이곳은 청정하니까. 이것 봐. 다슬기가 엄청 많이 모여 있어."
산피용은 투망을 두 손으로 들고 허리를 약간 굽힌 채 슬며시 미소 지어 나고사를 바라보았다. 허겁지겁 다슬기를 줍는 그녀의 순수함이 새삼 애잔하게 여겨져, 눈물 겨운 행복감이 그의 가슴을 아프게 했다.

"청태(靑苔)를 밟지 않도록 해. 미끄러지면 다치는 수가 있어. 아무쪼록 은어 좀 봐. 이렇게나 많이 잡혔어."

산피용은 나고사의 귀로부터 빗나간 말을 거듭 되풀이하며 어망을 높게 들어 올려 물을 튀기는 은어를 부각시켰다. 그러자 나고사는 화들짝 놀라며 청빈한 어조로 말했다.

"오늘 밤에 배불리 식사할 수 있겠어."

가을의 복달임이었다. 산피용은 내외에게 아궁이 사용에 대한 양해를 구하고, 본체에 진열된 술들을 훑어보았다.

"술 좀 맛볼 수 있을까요?"

남자 노인은 그다지 각박한 성격의 소유자는 아닌지

"얼마든지요. 녹각이랑 말벌로 담근 술, 사주(蛇酒)도 있습니다."

"소주는 없나요?"

"독주는 있습니다."

"꽃술 있나요?"

"깻잎으로 담근 술은 있습니다."

그러면서 12년도 더 지난 청록색의 물빛에 호리한 유리 주병을 두 손으로 떠받힌 채 총총걸음을 치며 다가와 산피용이 그것을 거들며 물었다.

"바닥에 가라앉아 있는 게 깻잎인가요?"

"그렇죠. 이게 깻잎인데….".

말꼬리를 길게 흘리며 거칠고 두꺼운 집게손가락으로 연식이 적힌 상표를 더듬거렸다.

"12년하고도 5개월짜리네요."

"긴 건가요?"

"더 된 물건도 많죠."

"값은 지불하겠습니다."

노인은 술값을 치르려는 산피용의 말에 쭈그린 몸체를 흐트려 자세를 고치고, 나고사에게 물었다.

"한창이구만. 우리는 술이 긴데, 상대할 수 있겠습니까?"

산피용은 몸가짐을 달리하느라 남자 노인의 발에 뒷다리가 뭉개진 청개구리를 쳐다보았다.

"개구리요."

나직이 말했다.

"개구리 밟으셨어요."

청개구리가 괴로움에 폴짝폴짝 뛰었다. 다리가 묶인 탓에 비교적 앞다리보다 길쭉한 뒷다리가 수축과 이완을 거듭하여, 산피용이 보기에 실로 살고 싶은 본능과 욕망이 깃든 움직임이었다.

"아무래도 오래 살기는 글렀네요."

산피용은 말하며 청개구리를 노인에게서 떼어 내 안뜰의 물이 고인 담수에 풀어 주었다.

부엌에서 나고사가 각자의 양껏 한솥밥을 펐다. 여자 노인이 나고사에게 하는 지적이 산피용은 퍽 거슬렸다. 나고사의 손목을 붙들고 부엌에서 데리고 나올까 하다, 남자 노인이 산피용에게 도움을 요청했기 때문에 산피용은 순순히 노인을 따라 뒤안길에 있는 창고로 갔다.

"손님이 없으니까 여기 박아 두고 필요할 때만 꺼내서 쓰곤 합니다."

강대상이었다.

"무거워 보이는데요."
"그쵸. 아무래도 마호가니니까요."
"둘이서 들 수 있나요?"
"소싯적에는 저 혼자서도 들었지요. 아마 청년 나이 때에도 이게 있었으니까….";

남자 노인이 식탁 대용으로 사용하는 간이 강대상을 사이한 투박한 등받이 의자 한 개와 허접한 나무 의자 한 개를 가로놓아 그럴싸한 밥상 분위기를 조성했다.
"의자가 두 개뿐이네요."
산피용이 말했다.
"우리는 바닥에 앉으면 됩니다. 익숙해서 괜찮습니다."
"아니에요. 제가 바닥에 앉겠습니다."
"손님은 손님이지요."
산피용은 죄스러운 듯 의자를 당겨 앉았다. 의자가 매우 낮아서 불편했다.
"은어네."
노인이 한 마리를 어롱에서 꺼내 손바닥 위에서 미끄러트리며 말했다.

"민물고기는 염장 없이는 아무래도 먹기 버겁죠. 마침 우리 집에 굵은 소금이 있습니다."

동시에, 은어를 헹궈 내며 손질한 내장은 길가에 무심히 던져 놓고 칼날로 비늘을 치며

"바닷가에서 돌아오는 물고기라 어느 정도 염기가 있지요. 근데도 소금 없이 먹기엔 심심한 감이 있어요."

산피용도 회유어종에 대해서 약간은 알고 있었다.

"은어 드셔 보셨나요?"

"저희는 주로 가물치를 회 쳐서 먹습니다."

"기생충이 위험하지 않나요?"

"알면서도 그 맛 때문에 먹지요."

은어가 미끄러운지 배를 갈라도 노인의 손에서 유유히 빠져나갔다.

나고사는 길가에 아무렇게나 버려진, 아직 마르지 않아 부피를 가지고 축 늘어진 채 말라 가는 내장들에 자꾸만 눈길이 갔다.

"내장은 왜 길가에 버리시나요?"

"한 녀석이 있습니다. 진즉 사람 손을 타서 어미가 버린 모양이더군요."

"들개인가요?"

"고양이입니다."

"밥때가 되면 먹으러 올까요?"

"아무 때나 찾아오지요."

"동물을 아끼시나 봐요."

산피용은 아까 전 다리가 망가진 개구리가 떠올라, 자신이 풀어 준 담수로 가서 개구리가 떠났는지 확인했다.

"죽었네요. 배를 뒤집고 죽어 있어요."

손질하다 말고 손을 털고 일어나 산피용 쪽으로 걸어왔다.

"내장도 살짝 뭉게진 모양이야."

"생명은 소중합니다."

산피용이 죽은 개구리 시체를 담수와 같이 뜨면서 말했다. 노인은 아무 말 없이 청개구리를 바라보더니 제자리로 돌아가 손질을 마저 했다.

염장한 은어 너덧 마리를 석쇠 위에 올리자 구수하게 타는 소리가 났다. 타닥거리며 공중으로 튀어 올라 금시에 식어 버린 티끌이 안뜰의 땅거죽 위로 떨어졌다.

장작의 화력이 점차 달아오르더니, 선선한 가을 달밤의 추위를 따스히 무뎌지게 해 주었다.

"따뜻하네요."

산피용이 코를 훌쩍거리며 어느새 구워진 은어의 가시를 발라 나고사의 쌀밥에 속살을 올려 두곤, 남자 노인과 술잔을 부딪치며 말했다.

"다른 술도 맛이 궁금하다 싶으면, 얼마든지."

휴지 몇 장을 뽑아 산피용에게 건넸다.

"깻잎 술이 생각보다 입맛에 맞네요."

"맛은 훌륭하지. 다만 도수가 세니까 나도 자기 전 한 두 잔 먹고 맙니다."

산피용은 푸른빛의 술을 투명한 술잔을 돌려 가며 보았다.

"갈 때 조금 얻을 수 있을까요? 값은 지불하겠습니다."

그러자 노인은 호방하게 웃으며,

"소주와 깻잎 몇 장, 그리고 세월만 있으면 되지요."

산피용은 아무런 대꾸도 하지 않고 묵묵히 술잔에 고인 술을 입에 털어 넣었다.

"세월은 얼마입니까?"

"세월은 돈으로 살 수 없으니."

"그럼 깻잎 술도 살 수 없을까요?"

그때, 길가로 꼬리가 반쯤 잘린 새끼 고양이가 나타났다. 은어의 내장 주변을 얼씬거렸다.

남자 노인은 술을 한 모금 더 마시면서 굶주림에 호별로 기웃거리는 고양이를 눈으로 따라갔다. 그러면서 넌지시 말했다.

"뼈가 드러날 정도로 앙상한 고양이를 보고 어떤 생각이 드는지요?"

산피용은 그저 고양이가 불쌍하다고 얘기하곤,

"말을 편하게 해 주세요."

노인을 흘금거리며 말했다.

"그럼 내가 위니까 편하게 할게요, 아우."

"그래 주시면 제가 감사하죠."

그들은 함께 웃었다.

"그래서, 그저 불쌍한 생각이 든다고?"

"네. 그렇네요."

"허기와 굶주림은 재앙, 인간에게도 배고픔은 재앙이지."

노인은 말하고 다소간 한쪽 눈썹의 끝에 힘을 주고, 문득 무언가라도 떠올린 듯 핏발이 선 안광을 허공으로 쏘아 대며 말을 이었다.

"인간이란 재앙이 내놓은 사회는 짐승들에게 결코 공평하지 못하며 천적과 강자에게서 살아남고자 하는 생존 의지를 무너뜨리네. 그래서 짐승들은 인간이 조성한 길가에서, 시가지에서 조용히 생을 마감하는 거네."

산피용은 남자 노인의 굶주린 생명을 헤아리는 마음자리가 청개구리의 뒷다리를 짓뭉갰을 때와는 사뭇 다른 인격으로 여겨졌다.

"개구리는 불쌍하지 않나요?"

하지만 남자 노인은 그의 말을 대놓고 무시한 채 계속 지껄였다.

"이보게, 아우. 인간이 유일하게 저항할 수 없는 한 가지가 있는데, 그것은 대자연이라는 이름을 가지고 있으며 혹은 천재지변이라는 이름도 가지고 있네. 인간의 슬하에서 태어난 짐승들의 억울함과 원혼, 그리고 한을 달래 줄 수 있는 것은 자연의 힘뿐이지."

띄엄띄엄 이야기하며 산피용의 기색을 살폈다. 산피용은 눈을 내리깔고 부젓가락으로 숯을 휘젓고 있었다.

남자 노인은 괜스레 술을 한 잔 더 목구멍으로 넘기며,

"만물의 영장이라 불리는 인간조차 자연의 분노를 다스릴 수는 없으니까. 아우는 인간이 천둥과 폭풍, 바람과 땅의 흔들림을 미연에 방제할 수 있으리라고 생각하나?"

"자연의 힘을 이길 수는 없지만 미리 숨을 수는 있지 않을까요?"

"아니지. 인간은 자연의 분노를 예측할 수 없으며 자연의 노여움을 알아차리면 곧바로 죽음을 수긍할 수밖에 없네."

나고사와 여자 노인은 그들의 대화를 멀거니 들으며 자기들끼리 술을 주고받았다. 산피용은 은어가 모조리 그 둘의 뱃속으로 들어간 것을 눈치채고 어롱에서 몇 마리를 더 꺼내 왔다. 남자 노인은 계속 말했다.

"하지만 인간조차 대비할 수 없는 변고에서 한낱 미생물들은 끈질기게 생존해 기어이 종자를 번성시키고 다시금 자연의 일환이 되지. 이것이 대자연의 앞에서 생명의 존엄이 무너지고 유의미의 가치를 측정할 수 없는 이유일세."

"모든 생명은 소중하죠."

산피용은 물고기가 손가락 틈 사이로 흘러내리지 않게 종종걸음으로 뛰어와 석쇠 위에 은어를 올려놓으며 은연히 말했다.

다음과 같이 말하는 남자 노인에게 산피용은 개구리의 살생에 대해 강렬한 추궁을 하고 싶다는 충동을 느꼈지만, 그가 자신의 얘기를 하도록 내버려두었다.

"인간은 자연의 면전에서 매 순간 긴장을 늦추면 안 되지. 이러한 대자연의 힘을 깨닫고 나면 만물의 공립과 다생의 아버지가 될 수 있으리라 생각하네. 그래서 나는 자네의 아버지이기도 하고 동시에 고양이의 아버지이기도 하다네. 아버지는 자식을 버리지 않는 법이지. 나는 이제부터 내 인생의 대미를 저 가엾은 고양이와 함께할 걸세. 이것은 숫제 고양이와 나의 타협이지 일방적인 세뇌가 아니네."

말을 맺고 고양이를 거둬들이기 위해 술기운을 몰아내며 길가로 나갔지만, 고양이는 이미 들녘으로 도망치고 있었다.

여상한 식상(食上)이 심어 주는 삭막한 온기가 테라

스의 공중에서 해산했다. 종단의 환멸감이 상기시키는 허무의 여기(餘氣)가 산피용의 뇌중에서 연달아 상영됐다. 산피용은 껌뻑껌뻑 조는 나고사를 보고 입을 열었다.

"졸리면 눈 좀 붙이지 그러니."

"언제 자려고?"

"뒷정리는 해야 하니까…."

내외는 술에 취해 가지고는 진작 방에서 코를 골며 자고 있었다.

새벽 시간이 다 될 때까지 잠을 설친 산피용은 가만히 누워 사색에 잠겼다.

불면과 수면을 연거푸 오간 탓에 꿈의 단상과 생시의 맨정신이 교차했다. 꿈의 타계관(他界觀)이 그를 동경의 올무에서 풀어 주었다가, 그런 해방감을 향유하기도 전에 다시 그리움이 얼룩진 속계로 집어 던졌다. 산피용은 단안은 이로써 명명백백해졌으며, 나고사의 사랑은 반푼 값어치도 없는 데다 급급히 이런 사랑의 시초를 위해 그리도 목 메었던 자신을 자조하는 본인의 유령을 머릿속에서 목도하기에 이르렀다.

길지 않은 꿈 서너 편을 꾸었는데, 희번한 아침 박명의 기운이 싹틀 무렵엔 산피용은 나고사에 대한 연정을 가주키의 후방에 두어야 할지에 관해 확실한 결론을 내렸다.

산피용의 꿈이었다.

꿈속에 등장한 소녀가 언약을 읊조리는 동안 산피용은 소녀의 여색에 흠뻑 젖어 들어 헤어 나올 수 없었다. 소녀의 음성은 귓가에 와 닿아 맴돌기도 전에 흐지부지 분해되어 공중으로 날아가 버렸고, 속삭임과도 같은 선율이 되어 고아한 곡조로 울려 퍼졌다. 이 울림과 비스듬히 내리쬐는 달빛으로 드리워진 소녀의 반쪽 낯빛은 마치 천 년 만에 도래한 가약을 마무리 짓고 있는 앳된 여성처럼, 혹은 식어 버린 사랑에 불씨를 키워 넣고 있는 가련한 여인처럼 줄곧 우아하면서도 애절하여 상대방의 희비를 엇갈리게 했다. 소녀의 반쪽 얼굴에 사로잡힌 산피용은 일순 침전됐던 아름다움이 덜컥 치밀어 올라 가슴 저편에서 재생되고 있는 초연한 이면 세계의 소녀와 대화하고 있는 듯한 기분이 들었다. 그윽한 달빛을 머금은 채 밀려드는 파도를 뒤집어 보면, 약속된 절정의 시간에만 개방됐다 우연처럼 스쳐 지나가는 비경의 변두리가 존재할 것이라고. 그곳, 소녀와 산피용 자신의 분신만이 살아 숨 쉬는 별세계의 영지로부터 애수에 젖은 음성이 번지듯이 울려 들리고, 이러한 유려하고 혼몽한 음성은 산피용의 내면에서 우러나온 것임을. 산피용은 내면 속의 소녀를 물끄러미 들여다보며 입꼬리에 미소를 떨쳤다. 소녀는 분명 수변 길의 나무 흔들의자에 기대어 앉아 사고무인한 한적함을 만끽하고 있는 중이었다. 간밤이 무르익은 오전의 새벽에 말이다. 안중에 들어오지 않는 너덧 마리의 슴새가 번갈아 가며 울어 대 하늘 언저리에서 소리의 파문이 일었다. 산피용이 무심히 올려다본 우중충한 하늘에선 희끄무레한 구름의 형상들이 고스란히 흘러 다니고 있었다. 꼭 오후 내 받았던 열기가 차츰 식어 가고 있는 낌새였다. 바다 건너 즐비한 도심의 불빛들은 낮 동안의 활기를 아스라이 감춰 가더니 이내 잔등마저 꺼져 버린 지 오래였고, 잠자리로 기어들어 간 아이가 어느새 곤히 잠들었을 때서야 시계 치는 소리가 들려오는 것처럼 어둑하게 내리 깔린 침묵의 공허함만이 도심의 허공에서 메아리쳤다. 이런 어슴푸레한 적막함을 신호로 하는, 공해(空海)에서 발원된 북소리가 높직한 운해에 가려진 채 몇 번이고 둥 둥 요동치며 곧 거센 여파가 해면의 공중을 가르며 소녀와 산피용에게로 질주해 왔기에, 그들의 감관은 이것을 새삼 알아차려 본능적으로 두 눈을 살며시 끔벅였다. 때마침 허공을 헤엄쳐 온 쓸쓸한 새벽바람이 소녀와 산피용의 살갗을 축이며 나갔다. 내달려 온 성난 바람은 미지근하고도 습한 바닷바람이었다. 어스레한 바다 건너, 우람하면서도 어수선한 저만치 도심의 광경에는 왠지 먹빛 미광이 선연히 뿜어져 나오는 듯한 연한 번뜩거림이 있어 퇴폐의 미(美)라고나 말할 허무가 있었다. 사방의 수평선 너머로는 하늘과 바다의 접경, 이를테면 하늘과 바다의 본색이 확연히 구분되어 있어 구름과 하늘 그리고 바다가 색다른 세 결을 이루고 있었고 이는 절묘한 진경이었다. 서늘하면서도 어수선한 어둠의 배합이 산피용과 소녀의 시야에서 연출되는 모든 광경을 조장하기도 했으며 분위기를 북돋우고 고양시키기도 했다. 수평선을 끝으로 외따롭게 줄지어 솟아난 송전탑의 하단부 일부가 침수된 채 짙은 초록과 청색 불빛을 단속적으로 명멸하여 자아내는 을씨년스러운 살풍경이 수평선을 장식했다. 소녀는 아름답다는 말을 나직이 속삭였다. 고요함과 어스름이 맞물리는 새벽의 시간이었다. 스산하고 아득한 수평선 저만치에서 고깃배의 출항을 알리는 경종 소리가 침묵을 깨며 들려왔다. 일시에 강력하도록 매서운 해풍이 어디선가 한데 모여 소녀와 산피용을 향해 전속력으로 돌진해 오고 있었다. 두 번째 경종 소리가 정적의 외침처럼 광대한 해상을 공명하는 순간, 쏴 하고 인정사정없이 밀어붙이는 바람이 소녀와 산피용의 안면을 적시며 훑고 지나갔다. 머리카락이 이리저리 흩날리는 소녀의 표정은 어딘가 심각하도록 중후한 데가 있었다. 결연한 의지를 굳힌 사람의 눈초리인 양 초점 없이 머나먼 곳을 응시하고 있었다. 마구 흩날리는 소녀의 머릿결과 달빛을 받아 창백하도록 단아한 때깔의 안색은 흡사 곱디고운 순백색 백자를 방불케 했다. 그런 아름다움에 경도되어서야 비로소 산피용은 소녀의 푸르스름한 여색에서 헤어 나올 수 있었다. 산피용은 미세하게 밝아 오는 수평선의 여명을 바라보았다. 새로운 아침이 시작될 참이었다. 동트기 직전의 희번한 새벽 기운이 무럭무럭 싹트는 아름다운 시간대였다. 신비롭고 또 영적인 심령들은 물러가고 육체를 지닌 생명들이 활동을 개시할 시간대인 것이다. 산피용은 아까 전 소녀가 아름답다고 속삭였던 말을 상기하며 그녀를 바라보고자 고개를 돌렸다. 그러나 소녀가 앉아 있던 자리에는 소녀의 흔적 될 만한 것도 없었고, 애당초 그의 곁에 없었던 것처럼 홀연히 사라져 버린 소녀는, 아 심령이었던 것이다. 산피용은 아무런 목소리도 내지 않고 그저 앉음새를 바로 한 다음 손바닥을 뒤통수에 가져다 댄 채 떠오르는 태양의 밝은 빛을 차분하게 바라보았다.

* * *

과거. 계동 초하루. 산피용은 머지않아 가주키를 만날 생각에 설렘으로 가득 찬 만반의 기대를 하며 감미로운 하룻날을 맞아들였다. 그녀와 재회한다면 그때 줄 선물을 고르고 있었다. 얼마쯤 비용을 들여 물심양면적인 선물을 하고 싶었지만 상대가 가주키인 만큼 편지를 쓰는 것도 나쁘지 않다고 생각했다.

 십이월 중순 폭설 경보가 발효됐다. 산피용은 비스듬히 쏟아지는 창밖의 외풍과 눈발을 보며 턱을 괴고 연필을 잡았다. 주전자 끓는 소리가 나서야 부엌으로 가 적절히 달여 낸 도라지차를 찻잔에 흘려 넣듯 무심히 따르고 우러난 도라지 향기를 맡으며 겨울철의 포근한 추위를 느꼈다. 그런 다음 부엌 벽면에 붙박인 찻장에서 『풀꽃 술잔 나비』라는 제목의 시집을 꺼내 찻잔과 함께 방으로 가져간 뒤 자신의 책상 위에 던져 놓고 다시금 연필을 들었다. 꽃밭, 눈, 폭설, 운명, 사랑…. 어떤 주제를 들어 편지를 쓸지 고민이었다. 산피용은 꽤 오랜 시간 머뭇거리다 백지 권두에다 이렇게밖에 쓸 수 없었다. '가을이 무르익은 중엽에 첫 만남을, 추위가 한풀 극성을 부리는 겨울의 어느 날에.' 그리고 무에서 유를 창조할 때의 고뇌에 시달리는 사람이 미간을 찌푸리며 도저히 어떠한 영감도 떠오르지 않는다는 식의 표정을 짓는 것처럼 연필을 쥐고 망설이다, 이내 낙서만 휘갈길 뿐 어떠한 내용도 써 내려갈 수가 없었다.

"잠을 자서 꿈을 꾼다면…."

산피용은 가주키를 생각하며 꾸벅꾸벅 졸다 잠이 들면, 그녀가 등장하는 꿈으로부터 영감을 받아 글감을 이끌어 낼 속셈으로 누우면 용수철 소리가 나는 침대로 뛰어들어 베개에 머리를 묻었다. 다시 한번 꽃, 단황, 노을, 황혼… 생각하다, 한설이 깔린 황수선화들의 황혼 녘을 상상했다. 황수선화도 그렇고 들판의 지평선에 걸쳐 있는 태양의 단황도 그렇고 어찌나 불그스름한지 가주키와는 붉은 한꽃이 어울린다 싶어, 산피용은 아직 수면에 들지 않았을 때 그녀를 한 송이의 애처로운 꽃에 빗대어 표현하기로 결정했다. 튀어 오르듯 침대에서 벗어나 도로 의자에 앉아 연필을 쥐었다. 그리고 편지 전문에 다음과 같이 수기했다. '이글거리는 태양이 지평선으로부터 빛 내림을 쏟아부어 황수선화가 찬란하게 타올랐다. 농염하게 익어 버린 황수선화와 황금빛 나는 벌레를 보고 있었다.' 산피용은 편지 전문으로서 더할 나위 없는 그럴싸한 문장을 만들어 낸 것 같아 흥분하여 히스테리를 부렸다. 기세를 몰아 그는 시집을 아무 쪽이나 스르르 펴

서는 맵시 있는 단어들을 차용하고 그것들을 섞어 내용을 만들기로 했다.

 편지를 쓰다 말고 책상에 엎드려 말뚝잠에 들었을 때, 그때 그가 꾸었던 꿈에 관해 말해 볼까.
 수줍은 양 입꼬리가 올라간 아이의 웃음기 서린 얼굴은 금세 상대방의 심장을 찌르는 눈을 가진 아이의 사랑스러움으로 변모했다. 아이는 입이 찢어져라 웃다가도 갑작스레 입술을 앙다물고 가애(可愛)의 히스테리를 부렸다. 마냥 신난 듯 작은 원을 그리며 빙글빙글 돌아다녔다.
 "무엇이 그리도 즐겁니?"
 아이는 산피용의 물음에 대답하지 않고 어느새 회칠한 벽을 유령처럼 통과해 사라졌다.

 이마에 송골송골 맺힌 식은땀을 문지르며 잠기운을 몰아냈다. 흰색으로 도배된 사각형의 방 안(산피용이 생활하는 방)으로 오후 네 시의 어정쩡한 햇살이 비춰 들었다.
 "정말 이상한 꿈이지 말이야."

독백으로 말한 뒤 작은 심호흡을 토하고 고개를 내리깔았다. 높직한 침대에 걸터앉자 따스한 주황의 햇살이 살갗 일부를 묘연히 물들였다. 적막함 속에서 분열하는 공기와 시계 치는 소리만이 귓전에 와 닿는 고요한 시각이었다. 등은 땀으로 축축했으며 침대보는 흥건하게 젖어 흐물흐물했다. 산피용은 기상 직후의 권태감과 꿈의 여운으로 한동안 넋을 놓고 제자리에서 꼼짝도 하지 않았다. 반복적으로 째깍거리는 초침 소리만이 아무런 울림 없는 허공에 둔탁한 신호를 보냈다. 산피용은 꿈속의 심유(深幽)로 파고들어 아이의 미소와 생동감 넘치는 율동을 상기해 보았다. 이후 심신을 짓누르는 환멸감으로 얼굴을 비비며 꿈속 아이가 유령처럼 넘어가 버린 정면의 회벽을 멀거니 응시했다. 그는 벌떡 일어난 후 맥없이 그곳으로 다가가서 공연한 손짓을 해 보며 벽을 어루만졌다.

　해가 투과되는 채광창 가까이 다가가 정원의 연못을 바라보았다. 온천장 연못 비단잉어들의 비늘이 황혼 속에서 유색하게 희번덕거렸다. 방 허공에 광(光)을 형성한 햇살의 빛줄기 안에는 먼지들이 슬슬 떠다녔다. 꿈의 잔영을 얼마 정도 무시할 수 있게 되자 그와 함께 나른한 졸음도 저 멀리 물러가는 듯싶었다. 산피용은 중간에 쓰다만 편지를 다시금 써 나가기 위해 의자를 당겨 앉아 연필을 쥐었다.

산피용은 나고사와 걸으면서도 가주키를 생각했고, 나고사에게서 이끌어 낸 행복의 모형을 부지불식간에 가주키의 것과 비교했다. 하지만 산피용으로서는 가주키로부터 절연당한 지 꽤나 오랜 날이 흘렀고 나고사와 사귀는 것도 가주키에게 의절당해 피치 않게 상종하는 것도 아니니, 산피용은 가주키와의 무망한 재회 가능성에 일말의 기대를 건 심정으로 나고사와 정분을 나눴다. 본디 살아생전 여럿을 사랑한 남자의 심적 층위 중에서 제일 하층은 첫사랑의 면모를 하고 있는데, 이러한 밑바탕에는 한 개의 좌석이 마련되어 있고 그 좌석을 차지하고 있는 여인이야말로 모든 남자가 몸서리치리만큼 회억하여 오매에 심취하고 복장 한가운데에 고이 두는 법이다. 사랑의 주인으로부터 비준된 사랑의 완정을 두 여성이 나눠 갖는 것은 불가능하기에 비늘로 칠갑된 사랑의 편린을 보통의 여자 쪽에서 훔치건 말건 남자는 덩어리째 자신의 사랑을 건네준 임자를 뇌리에서 지우지 못한다.

  산피용은 나고사와 거닐면서도 본인의 가슴 한편에 떡하니 좌정해 있는 가주키를 머릿속에서 씻어 내지 못했다.

  참으로, 사랑의 본심이란 만개하지도 못한 현 사랑의 망울에 대망하는 첫사랑의 요질을 전제하게 하여 지금의 생된 사랑을 절도 없도록 한다. 과현의 사랑이 완충되는 마음의 길목에서 지나간 사랑을 좇을 수도 없고 현재의 애먼 사랑 편에 서는 것도 영 언짢아 도대체 누구 편에 서야 하는가. 아무래도 여자와의 첫정에 전부를 내걸었으니 첫사랑으로 가는 배편을 얻거들랑 냅다 배의 이물에 올라타 내리기도 가장 우선으로 하여 첫사랑의 향취를 들이마시고 싶거늘.

  사랑의 본심에 근거한 여성인 가주키를, 산피용은 절대 잊을 리 없는 것이다.

  산피용이 살아온 인생의 태곳적 시절을 회고해 보면

광인이 보인다.

　나고사와의 만남은 학창 시절의 가주키에게 이별을 통보하고 수면제가 동봉된 방부제까지 한 번에 삼켜 버린 것이 계기가 되었다. 그는 유서에다 다음과 같이 썼다. '내가 본 아름다움이 땅거미가 내려앉아 만국이 어스름에 물들 듯이 거물거물해져 이제는 기억의 단편으로나마 어렴풋이 그려질 뿐이다. 마음속에서 자꾸만 회억에 잠겨 옅게 미소가 서린 낯을 하면서도 가슴의 아픔은 각기의 통증보다 얼얼해 이루 말할 수가 없다. 나는 그저 다음 가을을 기다리련다. 조락이 보이니 가을의 흐트러짐마저 머지않았구나, 누워서 머리 밑에 손을 괴고 기다리니 머지않아 투명한 청령(蜻蛉) 예닐곱 언저리 기수의 뒤로 줄지어 어느새 아득한 창공의 경계를 넘어선다. 아! 지금은 겨울의 한가운데에 있다. 나에게 다음 가을은 없겠거니 한다. 만고로부터 내려온 그리움.'

　자살을 시도하기 불과 몇 시간 전, 슬슬 한파가 몰아칠 때 산피용은 차가운 기운을 머금고 있는 '향수'에 몸서리치며 자살 결심을 결연히 굳혔다. 이 향수가 가주키와의 추억을 환기시켰기 때문에 바람을 원망하는 동시에 동경의 고초로 몸부림쳤다. 죽을 만치 사랑했다. 그래서 그녀의 부재에서 나오는 상실감과 결핍은 하등의 망설임 없이 산피용 스스로의 목숨을 성마르게 끊어 버렸다.

늦가을과 한겨울 사이의 미지근한 추위를 느끼고 있었다. 황수선화가 지고 메마른 줄기만이 풀이 죽어 시들해져 있었다.

그 줄기들이 이루는 들판에서 찬 바람을 맞았다. 겨울에 쓰디쓴 이별을 한 자가 돌아오는 겨울의 냉기에 숨이 가빠지고 호흡이 턱턱 막히듯 어떠한 벅참과 감상으로 형용할 수 없는 감개무량한 그리움에 젖어 들었다. 넋을 놓고 한참 그 처량한 들판 위에 서 있다, 이윽고 바다로 향했다. 그리고 바다 정면에 서서 수면제 너덧 알을 한입에 삼켜 버렸다.

창밖에서 들려오는 외풍 소리가 귓가에 맴돌고 몽롱한 정신을 걷어찬다. 어이, 이봐, 산피용. 일어나. 일어나라니까. 진탕 자 버리면 어쩌자는 거야. 숨통이 끊어지지 않은 나머지 식물인간으로 상당 기간 병상에 잠들어 있던 산피용은 치료 감호 차원에서 이름 모를 병동에 구금되었다. 동봉된 방부제까지 한입에 삼켜 버렸지만 죽지 않았다. 산피용은 당시 밀려드는 바닷물이 자신을 서서히 적시는 촉감을 생각해 보았다. 뇌가 비활성화되었고 환각제에 도취된 것처럼 세상이 빙글빙글 회전했다. 이후 눈을 감았을 때 보이는 오묘한 빛깔들이 공중을 헤엄쳐 다니더니 한시바삐 깊은 잠에 빠져들었다. 잠들어 있던 육 개월간은 아주 장대하고 황홀한 꿈을 꾸었는데 그곳에는 가주키가 있었고 또 산피용 그의 삶이 있었다. 황혼도 있었다.

산피용이 둘러본 병실에는 고작 미관용 꽃병 한 개만 놓여 있어 밋밋하기 그지없었다. 들뜬 회벽과 코가 모난 구두 한 켤레가 병실 입구에 아무렇게나 벗어져 있었다. 병실에는 그 말고 다른 누군가가 있었는데, 바로 그의 어머니였다. 눈시울이 붉어진 어머니는 산피용을 바라보고 있었다. 흐느낌이 차츰 뜸해지고 비로소 마음을 추스른 기색의 어머니였다.

그녀는 산피용이 깨어난 것을 보고 반색하더니 그를 꼭 껴안아 주었다. 어머니 등 뒤로 덜덜 떨리는 자신의 양손을 보았다.

 머지않아 빛바랜 진찰복 차림의 의사가 걸어오더니 뜻밖에도 다정하게 방싯 미소 지어 보였다. 그의 몇 가지 물음에 대답해야 했다. 컨디션이니 공복감이니 어지럼증이니 살아온 날수니, 등등. 산피용에게 의사의 질문은 왠지 심문같이 느껴졌다. 그는 건성으로 전부 '아니요.'라고 대답하고 혈색이 가신 얼굴로 어머니를 쳐다보았다. 그의 어머니도 핏기 없이 창백했다. 무엇보다 산피용은 경력자가 되어 있었다. 자살 기도 이력이 있는 경력자.

 병동을 나서자 정오의 태양이 과히 뜨거웠다는 걸 알 수 있었다. 여름이었다. 쏟아지는 불비가 살을 금방이라도 익혀 버릴 것만 같았다. 산피용은 대수롭지 않은 무표정으로 뒤돌아서서 병동의 대략적인 규모를 눈어림해 봤다. 그다지 큰 편은 아니었다.

 간호사를 대동하고 무시로 산책을 나섰다. 산피용은

자살 위험군인가 뭔가 하는 사유로 보름간 감호를 받아야 했다. 단발머리에 말려 올라간 윗입술, 올라간 눈꼬리와 뽀얀 피부의 간호사였다. 그는 정신이 나간 듯 걸쩍지근한 어투로 자신보다 두 살 연상인 간호사에게 치근덕댔는데, 간호사도 죽었다 살아난 산피용이 썩 내키는지 그의 응석을 모두 받아 주었다.

병동과 인접해 있는 물매화와 백색 연꽃이 아름다운 호수 변의 벤치에 앉아 자신을 보양해 주는 간호사와 이런저런 이야기를 주고받았다. 오한으로 털썩 주저앉으면 그녀가 팔뚝을 잡고 거들어 주었고, 식은땀을 손수건으로 닦아 주었다. 대체로 그 둘은 장시간 한가롭게 앉아 기포가 퐁퐁 터지는 수면을 바라보았다. 선선하고 인적이 뜸한 호수 변에서.

간호사와 얘기를 이어 가던 중, 문득 그녀 쪽에서 상중이라고 말했다. 타계하신 어머니는 저명한 극작가였고, 모녀 관계가 그리 좋지는 못했었다고. 산피용은 얼마간 묵묵부답했다. 이후 상제가 지금 여기 있어도 되는 거냐고 물어보았다. 간호사는 상관없다고 했다. 산피용은 또 다시 침묵으로 일관했다.

"근방에 술집이 있나요?"

간호사는 주위를 두리번두리번 살피더니 고개를 가로저었다.

"하긴, 이런 산골짜기에 허름한 점포라도 있을는지. 술 좀 어디서 구할 수 없을까요?"

간호사로서의 직분은 이미 그 둘 사이에서는 무의미했다. 그녀는 엄격하지 않았다. 웃으며 산피용에게 얌전히 굴면 맥주 한 캔 정도는 자기네들 숙소에서 구해다 줄 수 있다고 말했다.

"맥주 가지고는 도저히 안 되겠는걸요."

산피용은 간호사에게 소주가 필요하다고 졸라 댔다. 그녀는 보름만 참으라고, 퇴원하면 자신이 술을 사겠다고 말했다. 산피용은 어중간하게 신경질이 났지만 더 이상 독촉하지는 않았다. 허리가 잘록한 간호사는 앉아 있는 시간이 길면 안 된다는 이유로 산피용을 붙잡아 일으켰고 그때 산피용은 느닷없이 "마냥 즐거워하는구나." 하며 비꼬는 듯한 말을 내뱉었는데, 스스로도 왜 그런 말을 입 밖으로 낸 건지는 잘 몰랐다.

　간호사는 아무 말 없이 꾸물거리더니 이내 환자로서 미덥지 않다면서 산피용의 손을 살그머니 잡았다. 산피용은 간호사가 제정신이 아니라고 생각했다.

　보름이 지나고 퇴원했다. 어머니와 함께 병동까지 운행하는 마을버스를 타고 시내의 역전에서 하차했다. 버스는 초만원이었다. 산피용은 버스의 차창 너머로 시골 사람들을 구경했다. 이상하게도 행인들의 나이를 분간할 수가 없었다. 약기운이 가시지 않아서 그런가. 이를테면 누가 봐도 지긋한 연장자를 본인보다 어린아이로 착각했다. 육 개월 동안 숙면하다 와서 정신이 오락가락한 것 같았다. 산피용은 멍한 채로 바깥을 관찰하며 간호사가 알려 준 이름을 문득 떠올렸다. 그녀의 이름은 '나고사'였다.

　자그마치 육 개월 만에 온천장에 있는 집에 발을 들였다. 근소한 차이로 가구 위치가 변해 있을 뿐, 그다지 바뀐 건 없었다. 그의 가족은 산피용의 자살 기도에 관해

일절 언급하지 않았다. 산피용도 마찬가지로 아무런 말 없이 가만히 있었다.

그는 죄인이나 마찬가지였다. 왜냐하면 육 개월이라는 시간 동안 부모님 속이나 썩여 가며 잠들어 있었기 때문이다.

그는 뒤늦게 자살 기도 한 것을 후회하며 한편으로는 다시 살아난 것도 후회했다. 산피용은 가족과 맛있는 음식을 먹고 반주 삼아 술을 마셨는데, 입결에라도 예절 말을 하지 않고 게걸스럽게 식사했다. 식후에는 곧바로 샤워를 했다.

욕실 거울에 비친 자신의 모습을 보자 하니 피골이 상접해 있었다.

'나를 다녀가세요.'라고 문자 한 통이 와 있었다. 병동의 간호사였다. 산피용은 상관없이 문자 메시지를 삭제해 버렸다. 그리고 고민 끝에 황수선화밭으로 갔다.

저녁의 황수선화가 찬란하게 타오르고 있었다. 육 개월 만의 황수선화 들판은 여느 때와는 차별된 인상이 있었다. 바다로부터 불어오는 소금기 먹은 바람은 노을이 좋은 하늘과 꽤나 잘 어울렸고 금일은 산피용이 자살 기도 한 지 정확히 육 개월 하고도 하루 되는 날이었다. 향수가 목구멍까지 치밀어 올랐다. 돌아온 황수선화 들판에는 다년 전 산피용의 콧잔등을 스치고 지나간 가주키에 대한 냄새가 바람을 타고 귀향했다. 바람에 실린 하고많은 향수들 중에서, 왜. 우연일까. 수면제를 삼켜 버리기 몇 시간 전, 그는 바다의 해안 길에 우두커니 서 해(海)와 천(泉)이 일색인 것을 보았다. 수평선이 없었던 것이다. 바다가 하늘이 되고 하늘이 바다를 대신하여 더없이 파랗기만 했다.

  섣달그믐날의 황혼 무렵 그날의 약속대로 가주키를 만났다.
  들판에 눈이 쌓이지는 않았지만 그 둘은 건조하고 냉랭한 한파를 맞으며 서로의 체온을 나누었다. 산피용이 분위기를 틈타 가주키의 한쪽 어깨에 자신의 손을 걸치고, 그 둘은 나란히 앉아 긴축된 채로 입김을 내뱉으며 서로의 온기에 매달렸다. 둘은 매우 추웠지만 그럼에도 불구하고 나란히 앉아 황수선화 때의 영화를 추념하고 있는 듯했다.

"춥지 않으세요?"

가주키가 물었다. 산피용은 가주키가 춥다고 한 까닭이 못마땅했다. 서로의 온기를 나눈 지 일천했기 때문에 이러한 자세로 얼마간 더 있어도 무리일 것이 없다고 생각한 데다, 당장의 상황이 무르익어 포화점에 도달했을 때, 그제야 본인이 자리를 뜨자고 선수를 쳐야 온당한 노릇이었기 때문이다. 산피용은 그녀가 자신과 붙어 있다는 희열보다도 추위를 우선으로 생각한 것이 아니기를 바랐다. 산피용은 다소 찜찜한 심경이 되었지만, 여태까지 자신의 옆구리에 밀착해 있는 그녀의 붙접을 보고 다음과 같은 걱정을 투사했다.

"따뜻한 장소로 갈까요?"

이내 산피용이 말하자 가주키 쪽에서도 그의 말에 동의했다.

산피용은 가주키가 야학에서의 시험을 잘 치렀는지 어쨌는지에는 관심이 없었고 오직 그녀와 현재를 공유하고 있다는 남 부럽지 않은 행복감으로 말미암아 차후에 대한 배려밖에 부리지 않았다.

가주키의 걸음걸이를 주시하며 천천히 걸었다. 전방에서 달려오는 매서운 찬 바람이 둘의 뺨을 여무지게 훔치고 지나갔다. 팔짱을 끼고 고개를 푹 숙인 다음 전진하는 가주키의 푸석푸석한 볼을 손으로 가려 줄까 생각하다, 이내 어깨동무하고서 그녀의 뺨에 손바닥을 가져다 댔다. 뺨은 차디찼다. 가주키 쪽에서는 산피용을 바라보고 옅은 입김을 내뱉으며 홍조 띤 뺨을 늘려 웃어 보였다. 그런 가주키를 본 산피용은 물었다.

"온천 좋아하세요?"

욕탕에서 나온 산피용은 온천장 숙박객들의 복장을 하고 안뜰에서 가주키를 기다렸다. 온몸을 간헐적으로 적시는 찬기에 다소 시렸지만 산피용은 별안간 나타난 목욕 직후의 천연한 가주키의 여색을 보고 여적 느껴 본 적 없는 여성의 육체적인 아름다움을 절감했다. 가주키의 이러한 천진함이야말로 그녀의 마각이 아니던가. 산피용은 황수선화밭에서의 가주키와 대비되는 온천욕 직후의 그녀가 남의 추위를 절로 치랭해 주는 능력 따위를 가지고 있나 싶어 그녀에게 나직이 호소했다.

"아름다워."

그 후, 언제나 남자 쪽에서 행해야 마땅한 적극적인 용태로, 그러니까 과감하게 가주키의 팔목을 잡아 이끌듯이 자신의 방으로 데려가며 그녀에게 보여 줄 선물이 있다고 말했다. 산피용은 앞장서 가면서 물었다.

"시장하지 않나요?"

가주키는 집에서 요기를 하고 왔다고 일러 주었다.

"술은 좀 하시나요?"

산피용이 아쉬운 듯 묻자 가주키는 "애음을 하지 않고 술을 즐겨 먹는 편도 아니지만, 기본 이상은 마신다고들 해요." 했다. 그러고는 "술을 좋아하시나 봐요?"라는 말을 덧붙였다.

자신의 방에 도착한 산피용은 아무 말 없이 방 뒤꼍 창고에 있는, 자신의 어머니가 주조한 거대한 유리병에 담겨 있는 꽃술을 낑낑거리며 들고 와 그녀 맞은편에 쿵 내려놓았다.

"황수선화로 담근 꽃술이에요. 어머니가 직접 담그셨지요."

가주키는 신기한 듯 꽃술의 누런 빛깔을 이리저리 살피며 맛이 궁금하다고 말했다.
"그러세요? 그럼 몇 잔 드셔도 상관없겠네요."
산피용은 말하고는 어딘가로 내달려 갔다.
곧 가주키의 귀에 어머니께 우동 두 그릇을 부탁하는 그의 목소리가 들려왔다.

처마에서 미끄러진 눈이 차양에서 고드름으로 변형됐다. 고드름이 녹아 떨어진 물이 서릿발을 만들고 서릿발이 녹아 진창이 됐다. 문전에 물웅덩이가 생긴 육산포림이라는 상호의 선술집에서 가주키와 산피용은 좌식으로 앉아 우동에 술을 마셨다. 산피용의 두 번째 방은 주중 어느 때건 술집으로 변할 수 있었지만, 당일만큼은 제 어머니께 일러 술집의 간판을 내려놓은 것이다.
그 둘은 우동 국물에 술을 마셨다. 술집 손님은 가주키와 산피용 둘뿐이었다. 오후의 우중충한 하늘은 술집에서의 유일한 밝음이었다. 산피용은 눈이 침침했다. 가주키는 물먹은 나무 냄새와 허름한 방의 분위기를 마음에 들어 하는 낌새였다.

"한결 안락한 것 같은데요."

주홍에 취한 그녀는 손목을 돌려 양손으로 바닥을 짚은 후 마음의 탕개를 푼 채 말했다. 산피용 또한 취흥에 젖어 늑줄을 풀었다.

"드릴 게 한 가지 있습니다."

비틀대며 일어난 산피용은 자신의 책상 쪽으로 걸어갔다. 그리고 탁자 위에 올려 있는 편지 봉투를 들고 다시금 취기에 비실대며 제자리에 앉았다.

"고향에 내려가 계시는 동안에 썼습니다."

그녀는 산피용이 건넨 편지를 슬며시 받아 들어 포장지를 두루 살펴보고선 새침하게 웃더니 편지를 안주머니에 넣고, "옷을 갈아입을 때 다시 챙기겠습니다." 말했다.

"작은 성의입니다. 백면지를 제 나름대로 접어 편지 봉투로 만들긴 했는데, 허접해도 좋게 봐 주세요."

이에 가주키는 아무 말 없이 미소를 띠며 편지지가 있는 가슴팍에 손을 얹었다.

"눈이 오네요."

순간, 가주키가 어둠이 내려앉은 바깥을 가리켰다. 이

에 산피용도 목덜미를 부여잡고 고개를 돌려 야외를 내다보니 정말로 자잘한 눈이 내리고 있었다.

"잘 곳은 널렸습니다. 괜찮으시다면 하룻밤 묵으세요. 서서히 야시가 열릴 시간입니다. 구경을 가셔도 됩니다."

그러자 가주키는 "눈길이 되기 전에 귀가를 해야 합니다." 말하고선 훈훈한 열기로 맺힌 땀방울을 머리카락과 쓸어 넘기며 자리에서 일어날 기척을 내보였다.

"오늘 신세 많이 졌습니다."

말하는 동시에 옷매무새를 여미며 우동 그릇과 술잔을 들자 산피용이 만류했다.

"아, 아, 아닙니다. 그대로 놔두시면 됩니다. 바래다드리겠습니다. 옷을 갈아입고 오세요."

가주키가 "그래도…." 하며 말끝을 흐렸다.

"손님께서 술상을 정리하는 건 폐를 끼치는 것과 다름이 없어요. 정말 그대로 일어나셔서 옷을 갈아입고 오셔도 괜찮습니다."

산피용은 에둘러 말하며 탕이 있는 방향으로 그녀의 등을 떠밀었다. 이윽고 그녀가 체념한 듯 어정쩡한 낯으로 신을 신자 산피용은 치울 것이라곤 술잔과 우동 그릇밖에 없는 술상을 통째로 들어 한구석에 박아 놓고 주후의 얼큰한 재채기를 연방 해 대며 외등의 불빛 안으로 내리는 눈발을 바라보았다.

"이쯤 해서 돌아가세요. 눈이 쌓이고 있어요. 눈길이 얼기 전에 얼른 돌아가세요."

영문 모를 설움이 서린 눈망울을 한 채 이번에는 가주키 쪽에서 산피용을 떠밀었다.

"왜 저를 한시바삐 보내려고 하십니까. 단신으로의 야행은 위험합니다. 문간까지 바래다드리겠습니다. 거절하지 말아 주세요."

가주키는 겸연쩍은 안색으로 "으레 남성 쪽에서 항상 여자를 배웅하고 보호하려는 심리에서요? 저와 조금 더 붙어 있고 싶으신가요?" 하고 물었다. 이에 산피용은 자상하게 웃어 보이곤 아무 대답 없이 가주키의 목덜미에 자신의 팔을 두르고 어깻죽지에 따스한 온기가 담긴 손바닥을 감쌌다. 가주키는 아무런 저항 없이 걸음을 시작했다. 그 둘은 나란히 걸었다.

얼마간 걷자 길녘으로 외따롭게 지어진 거무죽죽한 주택이 밤의 암흑 속에서 윤곽만을 내보였다. 가주키는 멈춰 서서 "다 왔어요. 이곳이에요." 말하고 오른편의 집을 가리켰다. 그들이 귀가했을 즈음은 해가 저물어 완연한 밤의 시간이었다. 그림자를 늘어뜨린 동백나무와 수선화, 한란, 크리스마스로즈, 납매, 새우풀 등 갖가지 식물들의 줄기가 지주대에 엉켜 자라는 것처럼 칠이 벗겨진 철제 울짱을 거추장스럽게 옭아매고 있었다. 얼핏 봐선 철제 울타리는 없고 덤불로 둘러싸인 주택 같기도 했다.

마당에 개가 있는지 쇠사슬 차랑차랑하는 소리가 들렸다. 산피용과 가주키가 서 있는 바깥 길에서는 안뜰의 기다란 바지랑대가 기울어 세워져 있는 것이 보였다. 벽돌로 지어진 다층주택이었다.

"어머니는 지금쯤 잠에 드셨을 거예요. 바래다주셔서 감사합니다."

가주키는 현관문을 등지고 붙어 산피용과 마주 선 채로 말했다.

"데려다주셔서 정말 감사합니다. 오늘 정말 신세 많이 졌습니다."

산피용은 어쩐지 헤어질 시간이 도래했다는 것이 섭섭하여 그 내심을 은근히 내색하며 "아닙니다. 안전히 귀가하셔서 저야말로 속 편히 잘 수 있겠습니다. 그럼 저는 이만 가 보겠습니다." 하고 말했다. 산피용은 헤어짐에 아쉬움이 전연 없다는 사람처럼 서둘러 자리를 뜨려는 동태를 내보였지만, 본인이 그런 식으로 가 버리면 오늘은 참말로 여기까지구나 하는 생각이 들어 말했다.

"아, 그나저나 꽃을 좋아하시나 봐요. 아까의 온천장에도 납매가 많이 자라나 있습니다. 보셨는지요? 봄이 되면 연홍색 매화꽃이 피고 동백나무에서 은은한 향취가 감돕니다. 봄이 되면 보러 오세요."

가주키는 후훗 웃으며 말했다.

"처음부터 식물을 기를 용의는 없었어요. 대개 어릴 때 키워 봐서 알지만 기어이 관리를 못 해서 죽이고 말거든요. 다년 전 어머니께서 꽃말이 적힌 모종을 여럿 가지고 오셨는데 그 말들이 하나같이 참으로 아름다워, 아, 이를테면, 자신이 염려하는 불안을 다스려 준다는 크리스마스로즈의 꽃말도 그렇고요. 특히 수선화의 나르키소스 이야기를 아시나요? 참 아름답지 않나요?"

산피용은 자신의 얘기에 몰두하여 제풀에 웃는 가주키가 무척이나 사랑스러웠다. 그렇게 가주키에 대한 깊은 생각에 빠져 있자니 가주키 쪽에서 입을 열었다.

"새벽이 되면 차츰 추위가 더해지니 몸조리 잘하세요. 정말로 이만 가 보겠습니다."

그녀는 면구스러운 눈초리로 산피용에게 인사를 건네고 이내 현관문을 열어 캄캄한 저편으로 자태를 감추었다.

"내가 키우던 고슴도치 말이야, 개중 한 마리가 몸을 둥글게 말고 죽어 있었어."

나고사와 산피용이 식사를 하던 도중, 나고사가 조심스레 말을 꺼냈다. 그녀는 포크를 들다 말고 아, 단음을 문득 내뱉으며 들고 있던 식기를 도로 내려놓고 물로 입을 축였다.

"몸을 동그랗게 말고 죽어 있었어."

산피용은 나고사가 도대체 무슨 말을 하나 보니, 그녀는 곧이어 말했다.

"수컷과 암컷이었어. 내가 어렸을 때 나는 고슴도치를 키웠거든. 한겨울이었어. 우리 가족은 가축이건 짐승

이건 전부 냄새가 심하다는 이유로 고슴도치 케이지를 창고 한구석에 박아 두었어. 내가 사료를 주기 위해 창고 문을 열고 들어갔을 때, 그리고 천장의 줄을 당겨 창고의 불을 켰을 때, 그때까지만 해도 나는 아무런 생각이 없었어."

산피용은 덤덤히 그녀의 말을 들었다. 그리고 으깨진 감자를 설탕에 찍어 입속으로 집어넣었다.

"항상 그랬거든. 경계심이 심했지. 그래서 누군가 창고 문을 여는 소리가 들리면 가시를 빳빳하게 곤두세우고 몸을 바르르 떨었어. 근데 말이야, 그날만큼은 한 마리가 몸을 둥글게 만 채로 미동조차 하지 않는 거야. 나는 얼른 집 뒤안길 외벽에 기대 세워져 있는 부젓가락을 들고 한 마리를 쿡쿡 건드려 봤지. 역시 아무런 움직임이 없었어. 수컷은 옆에서 가시를 세운 채 파르르 떨고 있는데, 암컷은 쥐 죽은 듯 가만히 있는 거야. 죽음. 나는 그때 살기라는 것을 처음으로 느껴 봤어. 이를테면 외상은 없지만 장기가 파열된 생쥐가 단말마의 고통으로 최후의 몸부림을 칠 때, 인간은 그 몸부림을 보고 쥐의 죽음이 지척에 있구나, 라고 예상할 수 있는 것처럼 그때 느껴지는 살기를 그 암컷 고슴도치한테서 느낀 거야. 아무튼 우리 가족은 암컷 고슴도치를 산언저리에다 묻고 찬바람 부는 당일 밤 나머지 한 마리도 산 중턱 언저리에 아무렇게나 방생했어. 그리고 그 주위에 사료를 아무렇게나 뿌렸지. 나는 이튿날 아침 눈을 뜨자마자 암컷 고슴도치를 묻은 그 장소로 달려갔어."

나고사는 다시 한번 아, 라는 단음을 무의식적으로 내뱉고 더 이상 말을 잇지 못하겠다는 표정으로 식기를 제 손에서 완전히 떨어뜨려 놓았다. 산피용은 물을 한 모금 마시고 "그 수컷?" 그러자 나고사는 고개를 끄덕이며 말했다.

"맞아. 암컷을 묻어 준 자리에 수컷 고슴도치가 몸을 둥글게 말고 같은 모습으로 죽어 있었어. 그 장면을 보고 있자니 전날 밤 마지막으로 수컷 고슴도치가 힘없이 산속으로 들어가는 장면이 떠올랐어. 부정할 수 없는 운명을 이내 받아들인 자가 허탈한 심정으로 묘혈을 파듯, 그렇게 애먼 수컷 고슴도치는 내키지 않아도 숲으로 들어갔어. 수컷 고슴도치를 방생한 위치에 사료를 흩뿌렸었던 밤에, 그때 옆구리에 손을 올린 채 뒷걸음질해 대략적인 산의 규모를 훑어보았는데, 아, 지금은 그곳에 공장이 들어차서 나무 한 그루 없는 일대가 되었지. 예전에 책에서 읽은 기억이 있는데 펭귄들이 혹한기의 악천후에서도 살아남을 수 있는 이유는 물론 두꺼운 지방층과 가죽 그리고 털의 덕택도 있겠지만 펭귄들은 무리를 원형으로 만들어 서로의 온기가 원형 밖으로 빠져나가지 못하게 한다나 뭐라나. 아무튼 다른 모양보다도 물방울 같은 원체가 추위를 견디기에 탁월하다는 거야. 그 고슴도치들, 몸을 둥글게 말고 죽어 있던 이유도 자신의 체온이 체내에서 빠져나가지 않게끔 하기 위한 몸부림이었던 거야."

산피용은 접시 위에 남은 마지막 감자를 입에 욱여넣고 나고사를 바라보았다.

온천장을 마지막으로 산피용과 가주키가 그녀의 정문 앞에서 헤어진 이래 산피용은 그녀가 등장하는 꿈을 수차례 꾸었다.

꿈. 바다는 임자가 없다. 주인도 없다. 육지 외각에서 바라보는 바다는 외롭지만 그렇지만도 않다. 아욕(我慾)도 없고 너그러움도 없고 인자함도 없다. 조물주가 훼방 놓은 두 자연 중 바다는 물결치는 무(無)이다. 바다로 몸을 던지면 모두 사라진다. 영원하다는 말조차 진공이 돼 버리는 공허가 된다. 산피용은 대자연 앞에서 조심스레 대자연의 것을 채취하고 이용했던 인간들의 흔적을 본다. 설치한 인공물의 잔해에는 미역이니 홍합이니 하는 해조류들과 조개들이 미어져 있다. 조가비로 수북한 해변을 거닐며 일부 시커면 바다를 본다. 동해이다. 태고의 속삭임이 가없는 바다로부터 들려온다. 천년만년 무한 반복되는 소리. 인간의 시조가 나누던 바다와의 담소를 귀담아듣고 있다. 무변광대한 바다는 수평선 넘어 시정거리가 닿는 데까지 광활하게 펼쳐져 아지랑이로 울렁거리는 대초원 같기도 했다. 가주키와 산피용은 바다와 시조의 언어를 해석할 수 있었다. 그 왕들은 한 소녀와 남성에 대해 이야기하고 있다. 남성은 물질적인 존재요 여성은 한 남성의 이상에 의해 만들어진 비물질적인 허구라고 한다. 산피용은 가주키의 손을 꽉 움켜잡았다. 하늘을 흐르던 채운이 가시고 잿빛의 비가 일자로 쏟아져 내렸다. 동해바다의 푸른 현색은 한순간에 혼탁해졌으며 그 물은 왠지 미지근할 것만 같았다. 우중충해진 날씨와 해무가 드리운 바다를 보며 사그라드는 태고의 속삭임을 들었다. 무척 감미한 귓가를 간지럽히는 말소리다. 그들은 홀딱 젖었고 너른 해변에 그대로 노출되어 있었다. 이내 빗발이 약해지더니 암암리에 해무가 걷히고 극지(極地)의 밤이 찾아왔다.

엉거주춤한 자세로 벌거벗은 악산의 그림자가 덮친 공원의 목제 의자에 앉아 가주키를 기다리고 있었다. 우리만의 세상이 도래했다는 양 맹위를 떨치는 한겨울의 바람이 악산을 흘러내려 공원의 지면에 낮게 가라앉아 간밤에 내린 겨울비의 수기를 결빙시켰다.

산피용은 그녀를 기다리는 동안 운명과 자연이 복합된 미학적인 만남을 매우 만족스럽게 생각하며 실실 웃었다. 입김을 내뿜자 얼굴 언저리의 공기가 데워졌고 숨을 들이마시면 겨울의 건조한 공기와 맵싸한 낙엽 냄새가 목구멍을 따라 폐에 깊숙이 채워졌다.

"오래 기다리셨나요?"

산피용이 고개를 고정한 채 눈을 뜨자 바로 정면에 가주키의 남색 코트 앞섶이 보였다.

"아아, 아닙니다. 오늘은 그다지 춥지도 않고, 이따금 매서운 바람이 불 뿐입니다."

가주키는 "그런가요?" 말하고 후훗 웃으며 뒷짐 지고 있던 팔을 앞으로 내들어 산피용의 손에 종이봉투와 말라비틀어진 황수선화를 쥐여 주었다.

"때가 지나 시들어 버린 황수선화를 영접한 적은 없습니다. 생기 없이 말라 버린 황수선화도 아름답네요."

산피용이 황수선화를 코 밑으로 가져가 숨을 고르자 가을의 찬연한 황수선화밭의 내음과 그 무렵의 향수가 가슴 깊숙이 밀려들었다.

일순 형용할 수 없는 조바심 비슷한 감정이 벅차올라, 겨울과 황수선화, 그리고 가주키의 연연한 모습을 한데 묶어 혼성시켰다.

예컨대 하늘의 왕조차 그런즉 믿음, 소망, 사랑, 이 세 가지는 항상 있을 것인데 그중에 제일은 사랑이라는 말이 떠올랐다. 겨울은 믿음, 황수선화는 소망을 뜻하며 가주키는 사랑이었다. 세 개의 아름다움이 뭉쳐져 산피용의 가슴 한구석에 자리 잡았다. 산피용은 바삭하게 건조된 꽃을 조심스레 다루며 사뿐히 자기 옆에 내려놓고 서너 번 접힌 편지지를 정성스레 펴 속마음으로 정독해 보았다. 그동안 가주키는 산피용이 황수선화를 내려놓은 반대쪽에 앉아 고개를 젖혀 하늘을 보며 겨울의 풍경을 구경했다. 가주키가 말했다.

"장문의 편지는 아닙니다. 하지만 장문의 편지 못지않게 장시간 공을 들여 작성한 편지입니다. 왠지 당신의 가슴을 울리기 위해서는 그만한 노력과 추상적이지만 우리 같은 사람들에게는 실재하는, 그러니까 어떠한 관념 같은 것들이 잘 어우러져야 한다고 생각했어요."

가주키가 산피용의 눈을 보자 하니 그는 편지의 결미까지 눈길을 주고 다시금 전문으로 거슬러 올라가 처음부터 재독하는 것이었다. 가주키는 어쩐지 제아무리 위대하고 공인된 경구를 빙자하여 글을 써 그것을 남에게 비추는 것일지라도 자신이 쓴 것이라고 의식될 때면 형편없고 우스꽝스러운 내용이라고 스스로를 자조하는 것처럼 부끄러운 기분이 되어 어김없이 볼이 빨개지고 안절부절못했다.

산피용은 가주키가 직접 작성한 편지를 얼마간 반복해서 읽었다. 그러고 나서 편지를 갈무리하고 옷섶에 넣은 다음 가주키를 바라보며 웃음 지었다.

"의녑 없이 소화해 내셨나요?"

가주키가 물었다.

이에 산피용은 "답신 감사합니다. 훌륭한 편지였습니다. 감동받았습니다. 지금의 재봉과 어울리는 편지였습니다." 하고 대꾸해 주었다.

조물주는 더 이상 생명을 독창하지 않는다.

하늘에 새를 풀어놓지 아니하고, 들에 양들을 세워 놓지 아니한다.

이에 의거하여, 그는 모든 생물에게 생식기관을 부여했다.

인간은 최상위의 포식자일지언정 지나가는 개미 한 마리를 밟지 않기 위해 주의를 기울여야 한다.

인간이 유일하게 창조할 수 없는 '생명'의 가치를 측량할 길이 있으랴.

"저에게는 씻을 수 없는 죄악 한 가지가 있습니다. 죽어서도 용서를 구할 수 없는 죄악입니다. 시가지와 통해 있는 온천장의 비포장도로를 기억하시지요? 저는 주일마다 그 비포장도로를 거쳐 시가지로 갑니다. 시내의 하나뿐인 큰 역전 광장을 아실 거예요. 그 광장에서 북쪽으로 삼백 미터만 올라가면 작은 침례교회가 나옵니다. 저는 주일마다 그곳에 출석합니다. 그곳 목사님은 참으로 의롭고 천사 같은 분이세요. 아실지 모르겠는데 '사랑침례교회'라는 곳입니다."

가주키는 들어 본 적 없다는 듯이 고개를 좌우로 저었다.

"모르셔도 상관없습니다. 워낙 작은 교회니까요. 아무튼 그 교회는 반지하에 자리 잡고 있는데, 노상 곰팡내가 나고 물에 젖어 있는 계단을 내려가면 녹슨 손잡이의 철문이 나옵니다. 그 문을 열면 열 개 남짓한 장의자와 강대상이 구비된 강단이 보이죠. 문을 열고 들어가서 나오는 오른쪽 탁자에 주보가 있고 사계절 내내 크리스마스 트리가 빛나고 있습니다. 저는 개인적으로 그곳의 분위기를 아주 좋아합니다. 찬송에 필요한 가전 장비는 전부 구식이고 피아노의 건반 몇 개는 빠져 버린 부실한 교회이지만 그곳을 관리하는 목사님은 더할 나위 없이 좋으신 분이니까요. 사실은 교회라고 할 수도 없습니다. 진실된 교회란 겉만 치장된 부려한 외관이 아니라 목사의 자격과 성품 여부에 따라 판가름되는 곳이라면 모르겠지만 그런 게 교회의 경중과 무관하다면, 정말이지 그곳은 교회라고 할 수가 없고 오히려 허름하고 궁색한 민박에 가까웠습니다. 하지만 외관은 전혀 중요하지 않았어요. 저는 언제나 죄책감에 시달리며, 그리고 공포에 빠져 되는대로 걸어 다녔습니다. 시도 때도 없이 막연히 거닐었습니다. 여름에는 땀을 삐질삐질 흘리며, 가을에는 어디서 날아온 먼지와 지푸라기를 밟으며, 겨울이면 목도리를 두르고 입김을 내뿜으며, 아, 그리고 봄의 계절이 됐을 적에는 우연치 않게 모처에서 울려 퍼지는 약간 소름이 돋는 성가를 들었습니다. 저는 아마 그 당시 몹시 피로하고 과민했으며 신경쇠약으로 파리했었습니다.

저는 성가의 곡조와 선율을 홀린 듯이 귀담아들었고 제자리에 우두커니 서서 꽤 긴 시간 동안 경직 상태로 있었을 겁니다. 저를 피해 양옆으로 비켜 가는 사람들이 하나같이 저를 흘낏 살펴보았습니다. 저는 찬가의 가사에 충격을 받아 혈안이 된 눈으로 한참 서 있었던 것 같습니다. '나의 죄를 씻기는 예수의 피밖에 없네. 다시 정케하기도 예수의 피밖에 없네.' 대충 이런 가사의 찬송가였습니다. 형벌을 모면하고 죄악감을 경감할 수만 있다면야, 그 방법으로 예수님의 은총을 받아 개과천선할 수만 있다면야, 저는 당장에 건실한 신자가 되기로 마음먹었습니다. 그리고 저는 찬송가의 진원지를 알아내기 위해 얼마간 그 일대를 뒤졌습니다. 이윽고 낮고 지저분한 건물 앞에 멈춰 섰습니다. 조명 하나 없는 더러운 계단을 내려가니 철문이 하나 나왔고, 그 문을 방싯 열자 성도 0명. 먼지가 수북이 쌓인 크리스마스트리와 교회 내부가 한눈에 담겼습니다. 목사님 그리고 저 또한 당황한 기색이 역력했지만 교회의 외관과 대비되는 의관을 바로잡은 목사님께서는 얼마간 희미하게 웃으시다 제게로 다가와 두 손으로 악수를 건네셨습니다. 저는 곧바로 물었습니다. '개과천선을 하고 싶습니다. 예수님의 계명을 실천하고자 한다면 그 어떤 죄악이라도 만회하고 죗값을 치를 수 있는 건가요?' 그 순간 목사님의 웃음기는 싹 가시고 진중한 눈초리로 제게 한 가지 귀중한 얘기를 들려주셨습니다. '마땅한 죗값을 회피하기 위해 예수님의 종이 되기를 자청한다면 그는 끝내 루시퍼가 되고 말 것이다. 언자에게서 목소리를 빼앗은 자가 그 잘못 속죄하고자 목소리를 돌려줄지라도 그에게는 원죄가 부과됐으리라.' 루시퍼란 타락한 천사라고 합니다. 저는 목사님의 말씀을 주의 깊게 듣다가 문득 생각했습니다. '목사님과의 지정에서 솟아난 구원의 성수를 시음하고 목사님께서 나를 작처한다.' 그날 제 머릿속에는 다음과 같은 생각이 일련의 집념으로 자리 잡아 본인 스스로를 건실한 신자로 만들었습니다."

  가주키는 인간의 지각이 아득한 늪 속에 빠져 점점 더 깊은 심층으로 잠길 때, 어떠한 외부적인 자극(이를테면 바람에 휘날리는 머리카락이 불러일으키는 간지럼이나 일순간 엇박자를 타며 강렬히 불어오는 동풍에 정신이 뻔쩍 드는 것처럼)에 무감한 것처럼 눈에 초점을 두지 않고 물끄러미 앉아 있었다. 그리고 "죄악? 죄악에 시달리셨나요? 무슨 죄악이요?" 하고 산피용에게 물었다. "살생을 저질렀습니다." 그는 표정을 구기고 말했다. 가주키가 산피용의 안각이 닿는 사물을 도무지 확인할 수 없으리만치 게슴츠레한 눈초리로 허공을 응시한 채 말이다.

첫 만남은 황수선화밭에서, 둘째 만남은 온천장에서, 세 번째 만남의 대미는 바닷가 연안에서 마무리되었다. 험준한 산의 응달에서 해안가로 자리를 이동했다. 산피용의 손에는 마른 황수선화가 쥐여 있었다. 가주키는 바람에 바스러져 형체를 잃어버린 황수선화를 보며 이같이 말했다.

"당신을 만나게 되어서 정말 다행이에요. 운명이란 걸 가만히 생각해 보면 제가 걱정하지 않아도 언젠가 당신을 만났겠지만, 그게 당신이어서 참으로 좋아요. 우리의 만남이 없었다면 얼마나 쓸쓸했겠어요. 인간의 만남이 어느 날짜의 순간 속에 고요히 잠들어 있다는 건 진정 기쁜 일이죠."

산피용은 부끄러운 기색을 감추려 괜스레 경직된 몸가짐을 취하곤 몇 번이나 턱을 어루만졌다.

한참 동안이나 가주키의 말에 대꾸할 수 없었다. 그는 속마음으로 '진정 사랑하는구나.' 생각했다. 한편으론 회심 때문에 긴장을 풀면 자신도 모르게 그녀를 가볍게 여길까, 무람한 마음을 유지하려 노력했다.

"저도 여태껏 이만큼이나 유사점이 많고 마음이 맞는 사람과 사사로운 시간을 가져 본 적이 없습니다. 그날 황수선화 들판에 나간 저에게 칭찬을 해 주고 싶은 심정이에요. 아니, 저를 들판으로 이끈 '무언가'에게 사의를 표해야 마땅한 것이겠지요."

가주키는 산피용의 말을 듣고 중요한 내용을 빠트렸을 때의 망막한 표정으로 고개를 절레절레 저으며 은연히 말했다.

"우리의 인연을 추념하고 싶으신가요? 그러기 위해선 만남이 성사된 배경 속 우두커니 서 있는 저희 각자를 칭찬하는 것이 아닌, 공간 자체를 일망해야죠. 삶은 무한하나 마치 파도와 바다밖에 없는 세상과도 같다는 것. 삶에는 공허만이 있을 뿐이죠…."

　산피용은 그녀의 말을 끊으며 "아, 물론 저희의 만남이 이루어진 배경 또한 긴요하지요. 황수선화 들판 말이에요." 하고 들떠서 말했다. 가주키는 아니요, 라고 단언한 다음,

　"안개가 자욱한 먼 산을 배경으로 두 사람이 보이네요. 당신께서 말한 모처에 위치한 칭찬해야 마땅한 사람이니, 그리고 배경은 아무렴 좋아요. 다만 제가 생각하는 배경은 저 멀리 솟아난 산이 아닙니다. 황수선화 들판도 아니에요. 그곳에 도착해 멀뚱히 서 있는 사람도 아닙니다."

　일견 괜한 얘기를 꺼냈다는 기색으로 혼잣말하듯 얘기했다. 얼마간 머뭇거리다,

　"저희는 분명 자연히 늙고 자연히 쇠약해지며 자연히 죽어요. 한 사람이 죽는다는 건 시간과 아무런 관련이 없죠. 하지만 사람들은 덧없는 서러움을 느끼며 무상한 시간만을 원망해요. 되돌리고 싶은 것도 시간, 지난날의 과오도 시간 탓이라고 하죠. 자연의 흐름이라는 걸 전혀 생각하지 않은 채 말이에요."

말을 맺은 뒤 깊고 차가운 한숨을 내쉬었다. 산피용은 옆에서 무어라 대답해야 할지 몰라 냉가슴을 앓았다. 가주키의 얘기를 도중에 자르고 아는 척 말했지만 그녀의 공감을 전혀 사지 못했을뿐더러 그녀의 말대로 오롯이 시간만을 운운하는 족속이 되었기 때문이다. 가주키는 땅거죽을 응시한 채 이어서 말했다.

"시간과 흐름은 똑같이 되돌릴 수 없지만, 시간과 흐름은 완전히 다른 두 개의 개념이라는 걸 이해해야 해요. 시간은 '자연히 늙는다'는 것을 부인하기 위해 명목상으로 만든 인간들의 정형입니다. 하지만 흐름은 공허의 다른 이름이 될 여지가 충분해요. 만인의 명맥은 공허 속에서 자연히, 그리고 천연적으로 낡고 부패되며 오작동하는 것일 뿐입니다. 우리의 심장이 기능을 다하는 날이 온다면 그것은 심장이 공허 속에서 오랜 시간 작동한 이유로 더 이상 제 기능을 할 수 없으리만치 자연히 망가진 것이지요. 제가 만남의 배경에 관해 얘기하다 공허와 시간을 거론한 이유는, 저희의 만남은 자연과 공허 속에서, 애초에 우주가 창성되기 이전부터 선약되어 있었다는 것을 설명하기 위함입니다. 우리는 세월과 시간에 떠

밀려 오늘날 상경한 것이 아니라 단지 공허에서 만난 것이라는 거죠."

산피용은 지난번 그녀가 황수선화밭에서 공감에 대해 이야기했던 때가 떠올랐다. 하물며 자신이 예전에 읽었던 어느 작자미상의, 운명에 관해 쓰인 책의 어느 페이지를 대부분 기억하고 있다는 게 새삼 감사히 여겨졌다. 책장의 내용이 주는 이해와 깨달음의 감동이 절정이었을 무렵의 감상으로 소급하려 아, 아, 단음들로 시간을 벌다, 회고의 여행자가 보물을 찾았을 때에 더 이상의 미련이 없다는 것처럼,

"인연의 틈서리에는 결코 우연이라는 단어가 끼어들 수 없죠." 시르죽은 목소리로 말했다. 이어 말하길,

"지극히 연모하는 사람을 찾기 위해 외투의 깃을 여미고 그리움에 어깨를 들먹거리며 낙토를(아마도 그 사람이 살고 있는 장소) 휘젓고 다니는 짓만으로도 조우와 운명적 만남의 순간에 가까워진다는 걸 전 알고 있습니다."

"운명이요?"

산피용은 그녀의 말에 대꾸하지 않은 채 계속 말을 이

었다.

"그 떠올리고 싶은 사람과 마주하기 위한 제 갖은 노력은 만유가 그 낌새를 알아채고 우리 사이에 인력을 불어넣는 것 또한 알고 있습니다."

가주키는 얼핏 철학적인 감수성이 짙어져 있는 산피용의 용태에, 그저 다소곳하게 앉아 그의 말에 고개를 끄덕였다.

"매순간 선택의 기로에 놓여 있는 인간으로서는 날갯짓하는 벌 한 마리에게 눈길을 주는 선택을 하더라도 장래와 그 결과가 뒤바뀜을 시인해야 합니다."

산피용은 가물가물 뇌리에 떠오르는 책장의 내용을 선명히 하려 눈살을 찌푸리고 역시 책장의 의미가 주는 감회나 감응 따위는 끼어들 새가 없이, 오롯이 내용의 글자들을 그녀에게 들려주기 위해 경직된 자세로 입만 중얼거리는 모습이었다. 가주키의 눈에는 그의 진중한 모습이 퍽 몰입의 멋스러움을 연상시켰기 때문에 그저 듣는 이의 예의로 호응할 뿐이었다.

"무수한 경우의 미래가 눈앞에 수놓여 있는 저는 과거 낙토에서의 추억을 회상하여 다다를 수 있는 미래적 결

과의 영상으로부터 운명적 만남의 제반 요소들을 이끌어 낼 수 있을 겁니다." 그러면서

"인간이 숙명적으로 이끌어 낼 수 있는 다음의 제반 요소들이 무어라 생각하세요?" 가주키에게 물었다.

"보고 싶은 마음 아닐까요?"

"아니요."

가주키는 그가 물음 없이 자신의 이야기를 끝내길 바랐다.

"뭐죠?"

"이 제반 요소는 자신의 노력이 곧 만물의 노력으로 이어진다는 것과 모든 만남이 운명적으로 정해져 있다는 것입니다."

"만물이 우리를 만나게 해 줬나요?"

"그렇다고 볼 수 있겠지요."

"가령 A나라에 살고 있는 '그리운 사람'과 B나라에 살고 있는 제가 과연 접점이라든가 우연히라도 스쳐 지나간 적이 있는 미수에 그칠 연고가 있었을까요? A와 B는 서로의 존재를 전연 알지 못해요. 하지만 A는 B가 태어나지 않았더라면 지금과 같이 밥상 앞에 앉아 스프를 한

술 뜨고 있지 않을 수도 있습니다. 왜냐하면 B가 살아오면서 만난 그간의 모든 연고가 A의 연고에게 영향력을 행사하기 때문이죠."

"생판 모르는 남이 스프 한 술 뜨는 동작에도 관여되어 있다는 거, 그야말로 모든 인연은 연결돼 있는 게 맞네요."

산피용은 역시 가주키의 말을 무시하고 계속 말했다.

"연고의 모태는 흘러가는 한시의 바람이 될 수도 있고 여느 인간의 기동이 될 수도 있으며 곤충이나 벌레의 움직임이 될 수도 있습니다." 얘기하면서, 책장의 내용이 가하는 인상이 지난번 황수선화밭에서의 꿀벌로 귀결되어 제풀에 전율했다.

"여느 사람이 평생을 살면서 행사하고 뒤바꿔 놓은 사실들은 무궁무진해요. 그 여느 사람은 바람의 움직임을 바꾸고 달이 자전하는 시간에 오차를 내며 다른 이들의 선택을 송두리째 뒤바꿉니다. A가 바꾼 바람의 흐름에 B는 본래 자신이 하려던 선택을 번복하고 새로운 바람의 흐름을 만듭니다. 이로 인해 뒤바뀐 '만천하의 것'들이 백일하에 사람들에게 영향력을 행사는 거죠. 얼굴에 달라붙은 날벌레가 가려움증을 유발하면 우리는 그 날벌레 때문에 예정되어 있던 사람과는 전혀 다른 사람을 만날 수도 있는 겁니다."

가주키는 산피용의 이번 대목에서 '운명'이라는 두 글자가 떠올랐기에 물었다.

"만남이 예정되어 있던 사람, 이것이 운명이란 이름을 가지고 있나요? 무한대의 선택으로 이루어진 흐름 속에서 우리의 찰나가 이루어진데도 사실 운명은 정해져 있는 건가요?"

"맞아요. 우리의 만남은 곧 운명이고 예정은 곧 표지이며 누구나 가지고 있는 낙인이니까요."

"저도 하고 싶은 말이 하나 있어요."

산피용은 벅차오른 심정으로 네, 하고 대답했다.

"슬슬 예감에 관한 얘기를 말씀드리고 싶어요. 아무래도 운명은 예감에 유치되어 서로에게 이르도록 하는 표지의 뒤를 밟다, 부지중에 성사되는 거니까요."

"저도 예감이란 말을 좋아합니다."

산피용은 예감이란 단어를 해부하여 문장으로 설명할 수는 없었지만, 그 초탈적인 감정은 사변적인 것이라 주해를 요하지 않는다고 문득 생각했다. 가주키는 손가락을 하나하나 접으며 셈을 하더니 곧이어 말했다.

"만남. 조우. 인연. 운명. 찰나. 예지(豫知). 필연. 숙명. 기연(機緣). 아, 저는 그야말로 근본적인 단어들을 나열했는데, 곧바로 여차한 단어들의 어머니의 이름을 언급하지 않으면 안 됩니다. 이 아름다운 형이상적 단어들의 토대가 되는,"

예감.

가주키는 말하고 얼마간 입을 벌리고 가만히 있다 초점을 두지 않고 저 하늘을 멀거니 바라보며,

"조명되지 않고 확정되지 않은 미래의 공허를 암시하는 예감이야말로 현실에서 미래를 가늠하고 조작할 수 있도록 하는 유일무이한 장치 같은 것이니까요. 예감은 불투명한 미래로부터 선험적인 단서를 내놓고 체험하지 못한 미래로부터 실마리나 예측 따위를 확정적인 형태로 내놓는 초자연적인 감상(感想)입니다. 이것은 단순히 유망한 궁수의 적중률을 예측하는 것과는 다릅니다. 미

래를 보는 방식에서 예측은 그저 과거의 토대를 현재의 상황과 대조하여 유추하는 것일 뿐입니다. 허나 예감이란, 과거의 '체험'으로부터 미래를 사전에 부상시키고 현재로 이끌어 내는 것이지요."

여기까지 단숨에 늘어놓고 날이 찬지도 모르고 열의로 불타올랐다. 산피용은 눈치도 없이 그녀에게 왜 그런 얘기를 늘어놓은 거냐고 물었다. 가주키는 그거야, 우리의 만남을 소중하고 각별히 여기며 그 시작에게 감사하기 때문에 그렇다고 대답했다. 어처구니없는 표정으로 산피용을 쳐다보자 그는 가주키의 시선을 힐끔 피했다. 아무렴 예감에 대한 가주키의 이야기는 서로를 깊은 몰입 상태에 빠져들게 하여 그렇게 앞서거니 뒤서거니 걷는 동안, 겨울의 천하에서 냉각된 쪽빛 바다의 연안에 이르도록 하였다. 장중한 악산의 응답에서 했던 죄악에 대한 이야기, 그리고 가주키의 얘기는 그들로 하여금 잿빛으로 일렁이는 바다에 당도했을 때서야 되레 그들 서로가 해변에 다다른 것을 인지하게끔 했으므로 넋의 망각에서 동시에 벗어난 둘은 보람찬 면모로 한껏 흐뭇해했다.

"바다에 도착했네요."

겨울의 슬하에 있는 자신의 생명력이 차갑게 굳거나 얼지 않도록, 무릇 추위보다 극심한 참을 수 없는 쓸쓸함의 인상이 이러한 냉각을 무마하도록 하는 가주키의 말이었다.

해변 인근의 오목 볼록한 지형에는 바닷물이 고여 그곳에 성게니 말미잘 등이 서식하고 있었다. 암초와 암초의 틈서리로는 파도가 밀려들어 하얀 포말이 거품처럼 불어났고 손바닥 크기만 한 노래미가 그곳을 헤엄치며 날렵하게 돌아다니고 있었다. 가주키는 고인 바닷물을 움켜 내며 말똥성게의 껍데기를 주워 들어 악력으로 으스러트리더니 가루 낸 파편들을 재를 뿌리듯 고인 물 위에 솔솔 뿌렸다.

"조금 뒤면 황혼의 시간이에요. 서산과 마주 보고 있는 동해안은 해가 빨리 지는걸요. 아마 서쪽은 아직까지 환할 거예요."

산피용은 그녀의 말이 이별의 시간이 서서히 찾아오고 있음을 뜻한다고 생각했다. 그 둘은 바다의 둘레를 걷고 황수선화밭을 거쳐 가주키의 집을 경유하는 것을 마지막 단계로 헤어질 것이었다.

극지의 밤. 산피용의 꿈은 극지의 밤이 천공 전체를 뒤덮을 즈음에 비가 내려 서로가 홀딱 젖을 지경까지 같이 있음을 내비쳤지만 가주키의 말대로 이쯤에서 헤어지고자 한다면 이 둘은 비가 오기 전에 갈라서 서로의 보금자리로 돌아갈 터였다. 꿈이 펼쳐 놓은 예정된 미래의 영상을 본 산피용은 꿈의 예지로 미래의 장면을 수정할 수 있는 힘과 권한이 있었다. 허나 기지(既知)로 선택한 미래가 좋든 나쁘든 반드시 잠재되어 있고 공개되지 않은 미래를 들춰 본 결과 바뀌게 될 현재, 그리고 현재로부터 연계될 장래의 소치들이 송두리째 뒤바뀐다는 생각에 순순히 가주키의 뜻을 따르기로 했다.

산피용이 가주키를 귀가시키고 자신의 방에 누워 밖을 내다보고 있을 때는 이미 또렷한 밤의 시간이었다. 그대로 누워 가주키를 생각했다. 훗날 가주키와 완전한 이별을 하는 상상을 했는데, 이를테면 가주키가 다른 남자와 간통해 자신의 속마음으로부터 쫓겨난다든가 완전한 헤어짐에 앞서 촌철살인적인 말로 가주키에게 깊은 인상을 남기는 생각을 했다.

산피용은 아직 성사되지 않은 사랑과 확보되지 않은 사랑에 인연이란 입바람을 불어넣기 위해 골몰하는 어느 남자를 머릿속으로 그려 냈다.

그 남자는 사랑을 당하기도 전에 실패할까 봐 겁에 잔뜩 질렸다. 물론 발생하지 않은 사랑이기에 이렇다 할 감명이랄 게 전연 없다. 하지만 그 남자가 미래를 다녀와 그녀와의 추억(지금으로서는 미문의 그녀. 길고 긴 세월이 흘러 남자가 장래의 그녀와 만든 기억들과 감정)을 오늘날, 그리고 지금에 와서 모조리 떠올려 낸다면 남자는 훗날 닥치게 될 사랑의 전개를 고스란히 재연할 수 있을까?

아마 남자는 미래를 흘낏 경험하고 귀환했기에 그녀를 못 만나게 될지도 모른다.

가주키와 나눴던 운명과 예감이란 얘기로 미루어 보았을 때, 남자와 그녀와의 만남은 사변적이니 선험이 전제되어 있는 흐름의 개소에서만 기어이 성사될 수 있는 것이다.

예컨대 기어가는 벌레를 설핏 보더라도 미래가 온통

뒤바뀔 거라고 말하지 않았는가. 벌레에 눈길을 주는 '일말의 선택', 이러한 자잘한 선택으로 남자는 그녀에게 가는 자연스러운 경로를 이탈한다는 얘기이다. 그도 그럴 것이 남자는 그녀와의 장대한 추억을 홀로이 기억하는 처지이고 남자가 그녀를 만날 수 있는 유일한 방법(미래를 겪지 않은 무구의 남자는 앞날의 본인이 조성했던 그녀와의 천연스러운 추억을 포기해야만 한다. 이를테면 남자가 그녀의 생일에 맛이 좋은 알사탕을 사 주었는데, 그녀는 그 알사탕을 잊지 못할 수도 있다. 남자는 그녀의 이러한 기쁨을 포기해야만 한다. 왜냐하면 분위기와 정황이 연출하는 기가 막힌 찰나가 그의 인위적인 조성으로는 오지 않기 때문이다. 미래로부터 현재로 소급된 남자는 그녀가 알사탕에 감동의 눈물을 흘린 것을 기억하지만, 그가 알사탕으로 하여금 다시 그녀에게서 눈물을 짜낼 수는 없는 것이다.)은 그녀를 추적해 무릎을 꿇고 처절하게 빌며 그녀의 모든 비밀들과 일신상의 신비를 설명하는 것뿐이다.

 산피용은 당장의 상념에 빠져들어 종이에다 이렇게 갈겨썼다.

'이식된 기억 속 그녀에게 모든 경위를 설명하러 가리라. 그녀는 남자를 모른다. 남자는 동경의 비명을 내지르며 몸서리친다. 남자는 자신을 생판 남으로 아는 그녀를 다시금 본인의 사람으로 만드는 것만으로 만족해야 한다.'

 산피용은 이와 같은 상상으로부터 일종의 쾌감을 느끼고 슬픔의 정곡을 찔린 듯한 통증을 어렴풋이 맛보았다.
 가주키와의 사별을 상상하니 왠지 그녀와 함께 마셨던 꽃술로부터 가주키 출신의 향수가 밀려들었다. 본디 향수란 돌이킬 수 없는 과거를 그리워할 때 나타나는 감정이니. 혹여나 과거에 헤어짐과 쓰라린 별리의 순간이 있었다면 그 향수의 농도는 곱절로 진해질 것이다. 산피용은 이따금 다음과 같은 생각들에 젖어 들어 넋을 놓고 주먹으로 턱을 떠받친 채 밖을 내다보고 있었다. 문득 그의 귀에 빗물 떨어지는 소리가 들렸다.

 무욕 상태의 산피용이 간호사로부터 온 문자 메시지를 삭제해 버린 것은 그 순간의 공허함 때문이지 결코 간호사를 혐오해서 그런 건 아니다. 산피용은 기어이 간호사인 나고사를 방문하러 갔다.

그는 육 개월 만에 재개한 일상생활을 이어 가던 중, 간호사가 술을 사겠다고 했던 약속을 떠올렸다. 당시의 간호사는 자신의 주소가 적힌 절간(折簡)을 산피용의 바지춤에 장난스레 꽂고 시간이 비면 한번 들르라고 말해 주었다. 오늘날 산피용은 그 절간을 펼쳐 보고는 망설일 새 없이 기차에 몸을 싣고 나고사에게 향했다.

집요한 강권에 못 이겨 결국 받아먹었다. 늙은 노인이 손수 껍질을 벗긴 귤을 건네는 것이었다. 산피용은 조몰락거린 귤이 왠지 비위 상하고 더러워서 사절했지만 결국 노인네의 장광설에 승복하고 꿀떡 삼켜 먹었다. 어찌 보면 매사가 신경전인 노인네들의 전술에 당해 넘어간 것이었다. 산피용은 속으로 고루한 노인네의 아집은 당해 낼 게 못 된다고 혀를 내둘렀다. 노인이 자신의 신체 부위를 더듬은 손으로 귤을 까서 자신에게 건네는 일이 일종의 성욕을 해소하는 본인만의 방식이 아닐까 하는 걱정과, 마주 보는 열차 좌석에서 옷을 여미는 노인네들의 동태가 자신과 잠자리를 같이 하고 싶음을 어필하는 몸동작이 아닐까 하는 망념에 사로잡혀 찻간의 바깥 풍경을 언걸먹은 표정으로 바라보며 얌전히 열차가 종착하기를 기다렸다. 아니나 다를까 그의 오른쪽 맞은편에 앉아 있는 코밑수염이 반백에다 지저분한 깡마른 노인이 산피용을 노려보았다.

"정말이지 난처하게 쳐다보네. 노인네들은 찻간이라는 무대에서 한통속인 자기네들끼리 앞다투며 나를 차지하려고 방백으로 말을 걸고 있군."

노녀들의 몸에서는 머리를 지끈거리게 하는 루주 냄새가 났고 노야들은 잇새로 침 소리를 내며 가래를 삼켰다. 산피용은 열병이 달아오를 지경이었다. 그리고 대략 다음과 같은 간난을 어깨에 걸메고 종착역에 도착했다. ○○시였다. 공평하게 중간 지점에서 만나기로 합의 봤지만, 사실상 산피용이 살고 있는 지역에서 훨씬 더 먼 거리였다. 그러나 그녀의 거주지가 ○○시의 시내에 소재해 있다는 점을 감안하면 불평불만을 늘어놓을 수는 없는 노릇이었다.

병동의 간호사는 역전의 한산한 광장에 선 채로 있었다.

그녀는 헐거운 평상복 차림이었고 간호 복장보다는 한결 자연스러워 보였다. 산피용은 제법 가볍게 손을 흔들며 그녀에게 다가갔다.

오전의 따스한 온기로 느슨해지며 졸음이 몰려왔다. 짐 가방 두 개 중 하나를 그녀가 들어 주었다. 산피용은 괜찮다고 제스처했지만 그녀는 억지로 행상 하나를 자신이 부담했다.

"우선 조금 피로해요. 자고 싶어요."

그녀는 웃음 지으며 "동감이야."라고 대꾸했고 주차된 자신의 차로 산피용을 끌고 가다시피 안내했다.

중형 토요타였다. 차 시트 거죽은 별 희한한 재질의 비건 가죽이었다. 주사제니 알코올이니 하는 약품들이 뒷좌석에 팽개쳐져 있었다.

그녀의 운전 솜씨는 꽤나 도발적이었다. 터널을 거칠 때쯤 간호사는 혼자 위세 좋게 떠들어 대며 한 손으로 여유를 부리며 운전했다. 산피용은 왠지 병원으로 끌려가는 어린아이가 된 기분 같았는데, 그녀는 무릇 다 큰 성인 누나를 연상케 했기 때문이다.

"저는 운전면허가 있긴 한데, 아직 무섭네요."

간호사는 미심쩍은 쓴웃음을 지으며 자신도 운전에 익숙해지기까지는 꽤나 시간이 걸렸다고 말했다. 간호사는 진작 말을 놓고 있었다. 산피용에게도 말을 편히 하라고 권유하는 것이었다.

"나를 다녀가세요, 라는 말, 굉장히 인상 깊었어요. 간결한데 인상 깊었어요. 먼저 든 생각으론 사실 만나러 오지 않으려 했어요. 그래서 메시지를 지워 버렸죠. 하지만 고민 끝에 만나기로 결정했어요. 아마도 우울했기 때문에…."

그녀가 큰 한숨을 내쉬었기 때문에 산피용은 하던 말을 끊었다. 간호사는 어딘가 급해 보이는 낯빛으로 "그래?"라고 겨우 대꾸하고 과하다 싶을 정도로 기침을 해댔다. 산피용은 긴박해 보이는 그녀의 몸가짐 때문에 어쩔 바를 몰랐다.

얼마 뒤 도로 길섶과 맞닿아 있는 ○○호가 시야에 펼쳐졌다. 산피용은 문득 아픔을 당한 사람처럼 서글퍼졌는데, 가주키가 떠올랐기 때문이다. 아마도 푸르른 자연

경관이 가주키와 연결돼 있는 기억의 종을 툭 건드렸기 때문이리라. 산피용은 "주책이야, 주책."이라고 혼잣말을 반복하며 가주키를 머릿속에서 지워 버리고자 애썼다. 그 순간, "나는 안중에도 없는 거야?" 산피용의 흉금을 훤히 거둬 보기라도 한 듯 간호사 쪽에서 돌연 물었다. 산피용이 순간적으로 간호사를 쳐다봤을 때에는 오히려 간호사 쪽에서 당황한 기색이 역력한 것처럼 양 볼은 홍조를 띠고 있었다. 그녀는 입속말로 말했다.

"아무것도 아니야."

산피용은 고개를 거두고 다시 전방을 주시했다.

"최근 들어 기운이 없어. 아마 노쇠한 거겠지."

반생에 걸쳐 함께한 반려견이라고 일러 주었다. 그녀의 집에 들어섰을 때 노견이 꼬리를 흔들며 쇠약한 몸을 내비쳤다. 털은 뒤숭숭하게 빠져 있었고 병에 걸린 듯 피부가 더러웠다.

산피용은 쭈그리고 앉아 노견을 쓰다듬었다. 노견은 그의 입술을 연거푸 핥으며 야단법석 부렸다.

산피용은 노견의 앙탈을 저지하고 일어서서 집을 뻔히

둘러보았다. 간호사 혼자 사는 것치고는 큰 집이었다. 살림 도구가 완비되어 있었고 과히 정돈된 집이었다. 산피용은 서둘러 행장을 거실 한편에 던져 두고 이 층 방과 통해 있는 기역 자 계단으로 다가가며 물었다.

"집 구경 괜찮을까요?"

간호사는 상관없다고, 편하게 둘러보라고 했다. 산피용이 계단 한 단에 발을 올리고 넌지시 올려다보니 층계참의 벽면에 목주(木主)와 여자의 초상이 걸려 있었다. 어딘가 감각적인 초상의 인물을 뻔히 쳐다보고 있자니 간호사는 조모의 사진이라고 알려 주었다.

"나를 특히나 편애하셨어. 할머니랑은 석별했지만 언젠가 찾아뵈서 효도할 수 있겠지."

간호사는 계단 첫 칸에 한 발을 디디고 계단 난간대의 머리 장식 구를 만지작거리면서 간결하게 말했다. 산피용은 간호사의 얘기에 아무런 대꾸도 입 밖으로 내지 않았지만 먼젓번 간호사가 들려준 어머니 얘기도 그렇고, 조모에 대한 심상치 않은 얘기도 여간 찜찜하지 않아 물었다.

"결례가 안 된다면, 가족관계에 관해서 물어봐도 괜

찮을까요?"

그녀는 차마 서두를 두지 못하고 머뭇거렸다.

"불편하면 말씀하지 않으셔도 돼요. 괜찮아요."

산피용이 괜찮다는 듯이 말하자 간호사는 두 주먹을 불끈 쥐고 이내 말문을 열었다.

"내 아버지라는 작자는 군에 있을 때 대장급 장성이었어. 가정사에 우격다짐이 있었고 어머니와 할머니를 심하게 괴롭혔지. 매사 노호하며 어떨 때는 폭력까지 써 가면서 말이야."

산피용은 그런대로 예상했던 내용이라는 듯이 짐짓 인중을 격하게 찌푸리고는 그녀한테 계속 말하라는 눈치를 줬다. 간호사는 이마에 한 손을 대고 앞머리를 뒤로 쓸어 넘기며 말했다.

"그런데 있지, 어느 날, 잠귀에 깜짝 놀라 일어났는데 어머니가 암암리에 옷 가방을 싸고 계시더라고. 나는 아무것도 몰랐어. 그때는 어머니가 왜 짐을 싸는지 도통 이해가 가지 않았지. 그래서 졸린 눈을 비비며 다시 잠들었어. 그날 꿈에서는 할머니가 철교에 뛰어들었고, 아, 우리 집 뒤편에는 정말로 철길이 있어. 지금은 열차가 다니지 않는 폐선로지만 한때는 정말로 열차가 다녔어. 그 당시에만 해도 말이지. 어쨌든 간에 이른 아침 내가 덜컹거리는 열차 소리에 잠에서 깨어났을 즈음에 어머니는 행방이 묘연했고 할머니는 더 이상 현생 사람이 아니셨어. 게다가 그 사건이 있고 난 뒤로 아비라는 작자도 종적을 감춰 버렸어. 연락 불통에다 종무소식. 초등학생이었던 나는 홀몸 신세가 됐고 그 무렵부터는 혼자 생활하는 법을 직접 터득해야 했어. 그리고 쭉 혼자 지내 왔지. 여기까지야."

간호사가 말을 맺는 동시에 산피용은 팔짱을 끼고 거듭 조모의 초상을 쳐다보았다. 그리고 미심쩍은 표정을 지었다. 그녀가 거짓말하고 있다고 생각했다. 분명 지난번 고명한 극작가인 모친은 작고했다 말했지만 지금 와서는 어머니가 도망쳤다는 얘기를 늘어놓는 것이었다. 그러나 간호가 끝말에 덧붙인 첨언이 그녀의 누명을 씻어 주었다.

"이 층에는 어머니의 서재가 있어. 그때 이후로 한 번도 열리지 않고 굳게 닫혀 있지. 어머니께서 돌아가셨다는 소식을 접한 뒤로 나는 그 서재에 단 한 차례도 들어

간 적이 없어. 아직까지 어머니가 살아 계신 채로 서재에서 작업을 하고 있다는 생각 때문에 무서워서 들어갈 엄두조차 못 내. 아, 그리고 내가 어머니의 서재에 들어가지 않는 또 다른 이유는 저번에도 말했겠지만 사이가 그다지 좋지 못했기 때문이야. 초등학생이었던 나를 일방적으로 구박했거든. 아주 대단한 가족이지? 그래서 서재와도 자연스레 거리를 두게 됐지. 내가 굳이 어머니에게 학대를 당했다는 표현보다 사이가 좋지 못했다고 말하는 이유는 그저 그렇게 말하는 편이 속 편해서 그래. 그뿐이야. 때론 어머니가 일삼는 핍박을 가려듣고 속 보이게 반항하기도 했거든."

산피용은 간호사와 병원 연못의 벤치에서 얘기를 나누었던 때를 떠올렸다. 그는 유약한 환자에 한에서만 솔직히 털어놓을 수 있는 평상인들의 심리를 생각해 보았다. 이내 산피용이 "저한테 이런 말씀 하시는 거, 괜찮으세요?" 하고 묻자 그녀는 아무렴 상관없다고 했다. 산피용은 얼마간 말을 잇지 못하다가 "그래서 어머니는 살아 계시지 않나요?" 하고 물었다. 간호사는 그렇다고 대답했다.

간호사가 반으로 쪼갠 귤을 건넸다. 산피용은 얌전히 귤을 받아먹으면서 그녀에게 집 뒤편에 깔린 철로를 따라 걸어 보고 싶다고 말했다. 그녀는 아무 말 없이 옷을 갈아입고 나오더니 거실 수납장을 뒤적거렸다. 산피용은 아마도 그녀가 개 목줄을 찾고 있으리라 짐작했다. 간호사는 "하치, 하치."라며 개 이름을 부르더니 종횡무진 뛰어다니는 강아지를 차렷 자세로 훈계했다. 산피용은 간호사의 비틀어진 입과 해맑게 뛰어다니는 하치의 동용을 보고 있자니 뭔가 모르게 울컥하면서 그녀가 안쓰러웠다.

나중에 가서 얼마간 걷자 정말로 운행이 종료된 듯한 폐선로가 나왔다. 선로는 철교 너머까지 이어져 있었고, 폭이 넓은 철교는 십여 미터 정도의 높이였다. 을씨년스러운 산과 음지나무, 짙은 초록빛 물의 저수지가 인근의 스산한 풍경을 연출하고 있었다.

"조금만 더 걸어가면 철도 관사였던 폐사택이 나와. 아직 학생이었을 때에는 하치를 데리고 그곳에서 하룻날을 지새우거나 잠도 잤어. 볏짚이 깔려 있거든."

산피용은 그녀에게 아직 볏짚이 있느냐고 물었다.

"폐사택을 철거한다는 얘기를 어디선가 들은 적은 있는데, 볏짚은 아직 그대로 있는 모양이야." 말을 맺고 간호사는 산피용과 하치의 앞길을 비켜 가며 종종걸음을 쳤다. 산피용도 그런 간호사의 걸음걸이를 따라 하며 즐거운 듯이 웃었다. 그는 하치와 간호사라는 운명의 위대한 주인이 된 것만 같았다. 이러한 산피용의 야릇한 주인 의식은 간호사에게 적잖은 원기를 발사해 그녀로부터 산피용 쪽으로 뒤돌아서게 만들었다. 산피용은 이제부터 말없이 다가가 애먼 그녀에게 댓바람에 키스해도 괜찮았다. 그러한 짓궂은 행동을 직심스럽게 실천할 이유가 있었다. 그러므로 산피용은 간호사의 눈에 추파를 던지며, 또한 그 이상야릇한 기류를 유지하며 다가가 입맞추었다. 산피용은 열의에 차서 키스했다. 간호사도 제 몸을 완전히 풀고 눈을 감았다. 그녀의 튼 입술과 육감적인 기척은 산피용을 못내 가슴 아프게 했다. 그녀의 속사정을 들은 지 일천했기 때문이다. 잠깐 키스를 하고 산피용과 간호사는 다시금 철로를 따라 걸었다.

오전이 마무리되고 있었다. 산피용과 나고사는 철도를 따라 입구에 암흑이 깔린 터널 내부로 진입했다.

터널 내부를 얼마간 걷자 출구의 바깥 빛이 변주를 일으켜 마치 광채를 뿜어내는 관문 같은 느낌을 주었다. 상당 세월 방치된 듯 보이는 부식된 레일과 녹물로 붉게 물든 자갈길이 이루는 철도는 시큰둥한 쇳내를 풍겼다. 눈부신 일몰의 빛으로 하여금 눈살을 찌푸리고 왼쪽 손으로 얼굴을 가로막은 산피용은 그대로 관문처럼 생긴 터널 출구를 빠져나갔다.

가장 먼저 눈에 띈 사택의 외등은 현관에 미미한 빛을 떨치고 있었다.

"전력이 도나요?"

산피용이 물었다. 그녀는 산피용의 질문을 무시하고 조만간 예사롭지 않은 일이 펼쳐질 것 같다며 머뭇거릴 새 없이 산피용에게 사택으로 들어가 보자고 권했다.

산피용이 사택 안으로 상반신을 숙여 넣었을 때는 과연 그의 시야에 볏짚 더미가 들어왔다. 나고사는 산피용의 어깨너머로 볏짚 더미를 바라보더니 이윽고 산피용의 등을 떠밀어 그 안락한 사택 안으로 들여보냈다. 산피용은 퍼뜩 나고사에게 또다시 키스하고, 그녀의 등을 떠받쳐 조심스레 눕혔다. 그리고 서로는 서로의 옷을 하나둘씩 벗겨 갔다. 어느새 둘은 나체가 되어 있었다. 산피용은 숨을 헐떡였다. 나고사도 절정에 올라 신음했다. 결합이 한창 절정에 달아올라 있을 때, 산피용은 어떤 불쾌한 인간의 시선을 인지했는데, 그는 소스라치게 놀라 사택의 외벽에 시선을 던지지 않을 수 없었다. 시선이 멎은 옹이구멍에는 사람의 안구가 있었다.

산피용의 몸에서 스멀스멀 미열이 났다. 살가죽과 유착되어 있는 속살이 분리되며 몸피가 늘어났다.
산피용은 나체 상태로 황망히 사택 밖으로 뛰쳐나갔다. 이내 발작을 하며 머리를 부여잡고 부르짖었다. 별안간 산피용은 괴물로 변용했다.

베갯머리에 있는 양초 냄새가 산피용을 꿈 내부에서 끌어냈다. 침대는 식은땀으로 흥건했다. 산피용 자신은 간호사를 방문하러 간 사실이 없었다. 그는 촛불을 끄고 초의 잔상과 함께 멀어져 가는 환멸감에 몸을 내던졌다.

"꿈인 게 천만다행이야. 다시는 내게 돌아오지 않을 꿈일 뿐이다. 연연하지 말자."

스스로를 타일렀다. 병동의 간호사에게 즉행할 연락을 참았다. 일전까지 생생했던 모든 이야기가 한 사람의 몽유와 꿈으로부터 파생된 일이라고 생각하니 과거가 되어 버린 조금 전의 꿈에서 향수의 정취가 밀려드는 것만 같았다. 육 개월 만에 일상을 재개한 산피용으로서는 심신 미약함이 정초해 있는 불안정한 일상과 한 여인의 상실에 대한 요사가 그들 혼동시켰다. 기댈 수 있는 무언가를 부지중에 물색하게 만들었다. 산피용은 여전히 가주키를 동경했다. 그래서 그러한 그리움 때문에 결국 병동의 간호사에게의 연락을 불사하지 못하였다.

그 이후, 산피용이 항시의 선택이 변천시키는 장래의 소작을 어떻게 조성했는지는 그와 나고사의 발전 관계를 미루어 보아 짐작할 수 있을 것이다.

나고사는 산피용이 거주하는 곳 인근으로 전출했고, 그 둘의 정교는 시작되었다.

― 가주키 귀하께.

 지난번 바닷가에서 헤어진 뒤로 한 차례도 만나 뵙지 못했네요. 그동안 별고 없으셨나요? 우리가 마지막으로 헤어졌던 그날 밤에는 참말로 하늘에서 빗물이 떨어졌습니다. 예지몽이었던 것일까요? 꿈의 암시대로 정말 비가 내렸습니다. 꿈의 전개대로라면 극지에 비가 내려 저희 둘의 옷이 흠뻑 젖어 버리고 말았겠네요. 그다음은 어떻게 되었을까요? 아마 서로의 옷이 비에 젖었으니 제가 친히 집까지 바래다드렸을 겁니다. 저는 옷이 비에 젖어도 상관없지만, 당신같이 어여쁜 분이 물초가 된 채 3리 밖에 있는 집까지 단신으로 걸어가신다면 사람들로부터 괜한 오해를 사거나 쓴소리를 들을 게 분명했습니다. 물론 제가 집에 바래다드리지 않았더라면 또 다른 전개가 펼쳐졌을 수도 있겠지요. 하지만 말씀하신 공허 속 흐름대로, 꿈의 암시가 공허 속에서 어떠한 영상을 비췄다면 옷이 홀딱 젖고 난 뒤의 상황을 알 수 있었겠지만, 꿈이 어느 시점에서 끝나 버렸으니 그 앞의 상황은 알 수 없습니다. 이러한 미래 암시는 당연히 꿈에 현실성이 부여되었을 때를 전제하에 말씀드리는 겁니다. 하물며 실세계에서의 저희의 관계도 그날 이후로 전개되지는 못했습니다. 하지만 괜찮습니다. 말씀하신 대로 저희는 공허와 흐름에서 동존하고 있기 때문이죠. 제가 이번 편지를 올리는 까닭은 당시 악산의 그늘에서 제가 해 드렸던, 그러니까 살생에 대한 죄악 의식에 관해 분명히 말씀드려야 할 것만 같아서입니다. 이건 자백이 아닙니다. 저는 죄에 대한 마땅한 벌을 받고 있고, 저의 살생에 딱히 죄명이랄 게 붙지는 않았지만 저는 언제나 노심초사하며 소위 영혼의 법망을 피해서 도망쳐 다니고 있습니다. 제가 어떠한 종교에 맹신적으로 매달리는 이유도 살생 때문이며 저의 광조의 정신 상태 또한 살생에 기인하고 있다고 말할 수 있겠습니다. 제가 저지른 살생은 말이죠, 조심스럽게 말씀드리지만 작은 생명들을 반인륜적으로 학살했습니다. 유년 시절, 저는 한결같고 시시껄렁한 일상사에서 벗어나기 위해 신선하고 새로운 자극을 찾아 헤맸습니다. 생소한 광경과 무용담들이랄까요. 저는 무서운 괴담이나 실화를 바탕으로 한 속설을 듣는 어린아이들이 으레 호기심 어린 눈빛으로 어른의 말을 경청하듯,

항상 죽어서 부패하고 있는 동물의 사체나 중상을 입어 피를 흘리는 사람들을 유심히 관찰했습니다. 저는 그때마다 온몸에 전율이 돋고 의협심이나 동경 따위는 잊어버린 채 동물의 사체를 꼭 한 발짝 가까이 다가가서 들여다보거나 중상자의 피를 마시고 싶다는 생각까지 했습니다. 이것들은 분명히 저에게 자극이 되었습니다. 그래서 저는 매일같이 노루의 사체를 보기 위해 산을 오르고 작은 사립 병원의 병실을 기웃거렸습니다. 한마디로, 저는 피에 목이 말랐다고 할 수 있겠습니다. 그래서 누군가가 고통받을 때의 희열은 곧 무언가를 죽이고 싶다는 근성으로 발전했습니다. 왜냐하면 생소한 광경인 만큼, 그 광경을 접하기란 무척 드물기 때문에 직접 그러한 광경을 만들기로 한 것이죠. 그래서 저는 개미부터 시작해 작은 생명들을 가차 없이 죽여 나갔습니다. 처음에는 개미를 죽이고, 이다음에는 개구리, 뱀, 새, 결국 고양이나 개를 죽이고 사람에게까지 치명상을 입힌 적이 있습니다. 물론 당시의 저는 어렸기 때문에 사람들은 저의 살생을 지나가는 말로 순화해서 말했을 뿐, 진정 "저 아이는 커서 살인자가 될 거야, 몹쓸 놈! 가엾은 생명들을 괴롭히고 있구나!"라는, 좀 더 현실적이고 저의 문제를 바로잡아 줄 수 있는 조언을 해 주는 어른들은 그다지 없었습니다. 물론 제가 어른이 되어서까지 살생을 즐기고 있다면 타인이 봤을 때에도 그것은 미숙하다기보다는 살인자의 기질이 보인다고 생각해 신고 조치나 직접적으로 경고를 주었겠지요. 하지만 저는 너무나도 어렸기 때문에 어른들은 저의 살생을 그저 어린아이의 짓궂은 장난으로 보고 대강 넘겼습니다. 그렇게 살생을 저지르며 살아가다, 저는 전대미문의 끔찍한 정신 질환을 얻게 되었습니다. 저는 이것을 일종의 조현이라고 자가 진단 내렸지만 이 병은 미증유의 전례 없는 병이었습니다. 적어도 저는 그렇게 생각했습니다. 저는 더 이상 신선한 자극이나 피로 목을 적시지 않고서는 살아갈 수 없었던 것입니다. 하물며 저의 정신 상태나 체격은 점점 불어났고, 어느 순간에는 어엿한 성인에 가까워져 있었습니다. 그럼 철없을 때 했었던 살생에 대한 갈증은 점차 무감해지지 않을까? 생각하실 수도 있겠지만 불행하게도 살생에 대한 저의 갈증은 가면 갈수록 심해졌습니다. 인간은 아무리 고립무원의 처지에 놓여 있더라도 어떻게든 방법을 찾아내고 모색하는 지능적인 동물입니다. 저는 저의 창의력에 당했습니다. 제 스스로의 몸을 자학적으로 고문하기로 결심한 것입니다. 스스로를 깊은 저수지 한가운데로 헤엄치게 명령하여 그곳에서 얼마간 허우적거리도록 했습니다. 그래서 저는 익사할 뻔했습니다. 또 전신주에 올라가 가설된 전선을 만지게끔 스스로에게 명령하거나 칼로 저의 엉덩이 살점을 도려냈습니다. 정말이지 창의력 하나만으로 스스로를 더욱 잔악하고 고통스럽게 고문할 수 있는 방법을 구상했습니다. 살생을 하지 않으면 내장 같은 신체 부분이 견딜 수 없으리만치 더부룩하거나 찝찝했고, 속절없이 살생을 저지를 수 없는 나이가 되자 자기 자신을 못살게 굴기 시작한 것입니다. 이 더부룩한 느낌. 이것은 분명 미증유의 느낌이었습니다. 그리고 어느 순간이 되어 드는 생각은 아, 내가 벌을 받고 있구나. 그동안 죽여 온 생명들이 조물주에게 부탁해 나에게 천벌을 내린 것이야, 생각하게 되었습니다. 벌을 받고 있다는 불안. 저는 이 불안감에 밤이면 밤마다 전전긍긍하고 죽인 생명의 수를 헤아려 한 생명당 일 년 치의 대가를 치르며 살아가야겠다고 생각하였습니다. 어림짐작으로 제가 천 마리의 생명을 죽였다고 치자면 저는 천 년 동안 지옥 속에서 살아야만 했습니다. 벗어날 도리가 없습니다. 그래서 저는 이러한 간난 속에서 몸부림치며 시가지와 온천장, 그리고 황수선화밭을 배회했습니다. 그러다가 목사님을 만났고 교회를 다닌 뒤로부터 저의 불안과 강박적인 증상은 한결 완화되었습니다. 예수님만이 살길이다. 예수님을 믿으면 고통이 경감된다. 교회를 다닌 뒤로부터 정말이지 숨통이 트이는 듯했습니다. 예수님의 실존은 자동적으로 증명되었으며, 예수님께서 언제 어디서나 저를 감시하고 있다는 믿음마저 생겨 버렸습니다. 뭐, 차라리 잘된 일입니다. 살생의 대가를 치르며 지옥에서 살 바에야 예수님의 감시를 받으며 적선을 베푸는 게 훨씬 살 만했으니까요. 하지만 말이죠, 이것을 알아주셨으면 합니다. 당신을 만난 이후로부터 저는 다시금 어떠한 자극, 이를테면 사랑하는 여성을 울리고 싶다거나 그 사람의 마음을 가지고 놀고 싶다는 충동에 사로잡히곤 합니다. 그래요. 저는 당신을 사랑합니다. 평범하고 일반적인 고백 따위는 아닙니다. 제 얘기가 경종으로 느껴지셔야 합니다. 부디 저로부터 멀리 달아나

셨으면 합니다. 저는 선택해야만 했습니다. 사랑과 이별 중 하나를 양자택일해야만 했습니다. 사랑은 당신이고, 이별도 당신을 위한 것입니다. 어차피 결과는 매한가지 아니겠습니까? 사랑도 당신이고 이별도 당신이라면, 이별이 당신을 구원하는 셈이니까 저로서는 이별을 택할 수밖에 없었습니다. 물론 당신께서는 제가 이별을 통보한들 전혀 타격이 없으실 수도 있을 겁니다. 사실 그러기를 바라고 있습니다. 그래서 마지막 부탁을 드리고자 편지를 썼습니다. 만나 주세요. 마지막으로 저를 봐 주세요. 보름이 지나 오후 열 시가 되면, 강어귀 수변에 놓인 반석에서 당신을 기다리겠습니다. 그때까지 부디 몸조리 잘하시고, 만전을 기하겠습니다.

산피용 올림

구름밤, 강어귀의 수변에 놓인 반석에서 가주키에게 이별을 통보한 산피용은 자신의 선택을 후회했다. 그는 매일같이 "나는 사랑을 선택해야만 했어."라고 혼잣말을 중얼거렸다. 이때의 산피용은 나고사의 존재조차 몰랐다. 그리고 가주키를 잃은 상실감에 자살을 선택했다. 편지에서도 말했듯이 산피용은 가주키를 사랑했다. 하지만 사실 그는 가주키에게 이별을 선고하여 그녀의 마음을 갈기갈기 찢어 놓을 생각이었다. 또한 산피용은 그녀가 자신이라는 광조의 인간과 교제하고 가까이한다는 사실을 두려워 않았다. 그는 자신이 미치광이더라도 가주키가 그런 자신과 교제한다는 사실을 마뜩잖아 하지 않았다. 산피용은 단지 그녀를 괴롭게 하고 싶었다. 그래서 자신이 위험하고 몹쓸 인간이라는 명분으로 가주키에게 이별을 선고한 것이었다. 가주키가 산피용의 이별 선고로 괴로워할지 어쩔지는 모르지만, 산피용은 가주키가 자신을 붙잡을 줄 알고 있었다. 그러나 진정 그녀가 자신을 떠나게 될 줄은 몰랐다. 여자 쪽에서 이별을 선고받고 눈물을 흘린 이상, 여자의 마음은 거기까지인 것이다. 산피용은 강어귀의 수변에 놓인 반석에서 가주키에게 이별을 선고했고 그녀는 그것을 진심으로 받아들였다. 가주키 또한 산피용을 어느 정도 사랑하고 있었기 때문에 산피용의 통보를 진심으로 생각했다. 그런 진심에 가주키 또한 진심으로 응했다. 그렇게 그 둘은 헤어졌다. 그 이후 산피용에게 잔류한 가주키의 흔적이란 편지 한 통과 잎사귀가 모두 떨어진 황수선화 가지뿐이었다. 산피용은 염치 불고하고 가주키에게 편지를 몇 통 속달했지만 회답은 받아 볼 수 없었다. 산피용은 절망했고, 한 번의 자극 때문에 사랑을 잃게 만든 자신의 선택을 후회했다. 그는 모심을 당하고 회한의 눈물을 흘렸다. 가주키가 보고 싶었다.

- 가주키 귀하께.

염치 불고하고 편지 올립니다. 아마도 당신 쪽에서 저의 부탁에 응해 주시지 않는다면, 저의 편지도 이번이 마지막이라고 생각됩니다. 당신은 크게 실망하셨겠지요. 저는 당신의 마음을 가지고 노름질을 했습니다. 저의 정신 상태와 자학적인 창의력이 당신을 잃게 만든 원인이라고 탓하지는 않습니다. 저는 제 본성으로 당신을 가지고 놀았습니다. 부끄러울 따름입니다. 저는 용서를 구하려고 편지를 쓰는 것이 아닙니다. 하늘을 두고 맹세해요. 또한 제 정신 상태를 참작하여 저를 용서해 달라는 것도 아닙니다. 당신을 동경하는 마음. 이거면 됩니다. 당신을 연연불망하고 있기 때문에 밤에 잠을 이루지 못하고, 해종일 당신과 걸었던 바다와 황수선화밭을 산책합니다. 한 남자의 사랑. 저의 과오와 불찰, 그리고 철면피함이 점철된 이별 선고는 잊어 주시고 지금은 한 남자가 사무치도록 동경하는 여성이 있다는 사실, 그리고 그게 당신이라는 사실만 기억해 주시면 됩니다. 너무나 보고 싶습니다. 감정이 격해지는 새벽의 어귀에 당도할 때마다 참을 수 없을 만큼 슬퍼집니다. 그리움에 무상이란 베일이 드리워지면, 나의 동경은 그야말로 허무가 되죠. 당신의에 대한 나의 사랑은 무소부재, 어딜 가나 보이고 들리며 느낄 수 있습니다. 저는 동경에 관해 사유합니다. 당신과의 상봉, 실물의 목격만이 동경의 통증을 달랠 수 있는 것이라면 저는 그 이유가 몹시 궁금합니다. 당신을 만질 수 없다면 당신이 옆에 있어도 괴롭겠죠. 하지만 당신이 옆에 있는 것만으로도 저의 고통은 한결 가벼워질 수 있을 것입니다. 사랑하는 사람을 평생 만질 수 없고 곁에만 둘 수 있다면야, 그것은 그야말로 참을 수 없는 고문이나 마찬가지입니다. 그보다 더한 고통은 그런 여인을 실물

로조차 목도할 수 없다는 것입니다. 당신을 보기만이라도 하고 싶습니다. 그렇다면 동경의 쓰라린 통증은 곱절로 완화될 수 있으리라고 사료됩니다. 저를 혐오하는 당신을 이해합니다. 저를 미워하는 당신의 마음과 당신을 동경하고 있는 제 마음을 병치하여 유비한다면 고통의 정도는 제 것이 훨씬 크겠지요. 한 사람을 그리워한다는 것이 이리도 힘든 건 줄은 몰랐습니다. 제 살을 칼로 도려낼 때보다, 물에 빠뜨려 익사시킬 때보다도 아프고 괴로운 심정입니다. 더 이상 드릴 말씀이 없습니다. 제 고통을 알아주세요. 마지막으로, 간밤에 꾸었던 당신에 관한 꿈으로 편지의 대미를 장식하고자 합니다.

건조한 겨울 공기가 대지를 차갑게 식혀 버렸습니다. 생명들의 동작이 둔해지고 만천하의 수분들은 얼음 결정으로 변해 버렸으며 생기와는 인연이 없다는 양 모두 자신만의 파릇파릇함을 감춰 버렸습니다. 오로지 시원스럽게 트인 창공만이 다가온 겨울을 기다렸다는 듯 여느 때와는 다르게 쾌활하고 청명했습니다. 겨울은 겨울 자체만으로도 깊게 살아 숨 쉬고 있는 것 같았습니다. 그

속에서 얼어붙고 굶주리며 힘겨운 하루를 보내는 생명들은 아랑곳하지 않고 마냥 무관심하게 호흡할 뿐이었습니다. 겨울의 호흡은 잠자고 있는 커다란, 생명이 깃들어 있는 자연 그 자체의 부풀림 같아 몸 시리는 냉기와 대지를 스쳐 가는 칼바람은 모든 생명이 수긍하고 각자 처신해야 하는, 거스를 수 없는 호흡 같았습니다. 저는 드높고 눈에 다 담기지 않으리만치 넓은 하늘을 우러러보며 이러한 겨울의 장엄함과 자연에 대한 경외심으로 심히 북받쳐 올랐습니다. 겨울이라는 자연은 우리가 넘볼 수 없는, 어쩌면 혹독한 겨울을 보내는 수많은 생명들의 처지를 일일이 헤아려 줄 수 없을 정도로, 현존하는 생명들이 호소하기도 전에 순응하게 하고 탄복하게 하여 약간의 놀림 없이도 만물의 생명들을 제어할 수 있을 정도로 자기만의 소임을 다하고 있는 것이 아닐까. 그렇다면 과연 모든 생명들은 자연에게 한탄하거나 원망할 수도 없으며, 길흉과 재상을 건사해 줄 배고사나 제사를 치르는 의식 따위도 거행할 필요가 없을 것이지요. 생명들은 단지 각자의 행로를 나아가면 되는 것입니다. 그럼에도 저는 겨울에 대한 외경과 존경심 때문에 스쳐 가는 겨울의 바람이 고결한 호흡으로 여겨져 숨이 턱턱 막히고 겨울의 호흡에 감격하지 않을 수 없었습니다. 두 눈을 지그시 감고 공기를 깊게 들이마셨습니다. 숨통이 신선한 공기로 텅 빈 배관처럼 시려 왔습니다. 체내 구석구석으로 차가운 공기가 밀려들어 금지된 쾌락과 희열을 흡입하고 있는 것 같았습니다. 저의 이러한 음미하거나 감상하는 듯한 모습이 자연을 관조할 수 있게 되었지만 이를 추종하지도 생색내지도 않으며 허여된 사색에만 잠긴 듯해 스스로가 자연을 수호하고 숭배하는 시골의 소년처럼 생각되었습니다. 그리고 제 옆 이만치에 앉아 있던 소녀도 저와 같은 자세로 숨을 깊도록 내쉬고 들이마시며 일순 화색이 방심 상태의 느슨함으로 사르르 개었는데, 살며시 감긴 소녀의 눈에, 하늘을 가리키듯 곧게 휘어진 우아한 곡선의 속눈썹이 저의 심금을 울리도록 아름다웠습니다. 소녀는 겹친 두 다리를 기지개 켜듯 한사코 뻗으며 양손은 입고 있는 코트 앞섶 주머니에 쑤셔 넣듯이 하고 상체를 뒤로 기울여 턱선이 하늘로 치켜지게끔 정면으로 자세를 취했습니다. 그 후 가녀린 숨결을 내뱉으며 미소 어린 민낯으로 저를 바라보았는데, 아련

하기도 하며 닿을 수 없는 분위기를 풍기는 소녀의 오라에 거나하게 취해 버려 당장에 핑 하고 현기증이 돌 지경이었습니다. 대꾸하듯 저도 겨울의 여운이 채 가시지 않은 눈동자로 소녀를 애틋하게 바라보았습니다. 소녀와 제 정신은 한데 엉켜 서로의 흉금이 훤히 내비칠 만큼의 심기(心氣)에까지 이르렀고, 이렇다 할 정담을 나누지 않아도, 마냥 잠자코 앉아만 있어도 흐뭇하여 절로 벅차올랐습니다. 더구나 저희 둘은 서로에게 감도는 기운에 반하고도 매료되어 별도로 입을 열어 무언의 기류를 흩트려 버릴 수 없다는 일체감의 의식으로서, 겨울과 서로에게 한껏 심취하여 담담하게 웃을 따름이었습니다. 저는 겨울이 만들어 낸 시리고도 정겨운 호흡 속에서 첫 감동을 발견했고, 두 번째 감동은 순진무구함을 머금은 소녀에게서 발견했습니다.—소녀와 겨울과 공존하리라는 일편단심은 완전무결하고, 죽어서야 무장 해제되는 이 아름다움은 살아생전 누그러들지 않으리라. 지금 이 순간을 가슴속 보고에 꼭꼭 간직해 두었다가, 만일 이 내음이 유유히 빠져나갔을 때는 보고의 추억을 꺼내 들어 다시금 향수의 입바람을 불어넣으리라. 소녀와 나는 어느

덧 남은 세 가지 계절을 거쳐 다시금 겨울 속으로 돌아오는 대물림을 하겠지.—아마 소녀도 저와 비슷한 감상을 느껴 여지까지의 순간을 자신만의 방식대로 기억하고자 할 수도 있습니다. 하지만 소녀에게는, 소녀의 그 늘진 내면세계 어딘가에는 겨울에 관한 쓰라린 상처라든가 찬 바람이 와 닿을 때마다 아려 오는 상흔이 아물지 않고 욱신거리고 있을지도 모르지요. 여차한 사념들이 불현듯 떠올라서, 그래서 소녀는 그 떠오르는 상흔들과 기억들의 물살에 휩쓸리지 않기 위해 애써 가짜 웃음을 지으며 고단하게 버텨 나가는 중일지도 모릅니다. 그리하여 저는 현재 소녀의 심층에 대해 추궁하지도 궁금해하려고 하지도 않으며 단지 나의 감동에 몰입하는 것이 소녀에게도 위안이자 감정의 동요 없이 쓰라린 기억을 덮을 수 있도록 하는 최선의 노력일 것이었습니다. 저는 소녀의 아름다움을 감상하는 일이 현재로서는 제가 마다하지 않아야 할 '현재의 업'이라고 다짐했습니다. 그래서 이러한 상념들로, 걱정과 안쓰러움이 포개진 눈초리로 소녀를 비추어 바라보게 되었습니다. 소녀는 여전히 앞섶 주머니에 손을 움켜 넣고, 양쪽 다리로는 땅바닥을 휘 그으며 이번에는 목에 휘감긴 적색 머플러에 하관을 파묻고 앞뒤로 몸을 흐트러트리고 있었습니다. 그리고 소녀는 곧 저를 흉내 내기라도 하듯 옅은 웃음이 어려 있는 얼굴을 돌려 저를 바라보았는데, 순간 가슴이 철렁이도록 아름다운 소녀는 불그스레한 입술과 상기된 양 볼 때문에 메마르고 푸석푸석한 겨울에도 불타오르는 화사한 생화 같았습니다. 드문드문 스며드는 냉기에 순간적으로 움츠리는 몸가짐마저도 한껏 오므린 '화'처럼 보이기에 마치 붉고 진한 혈(血)같은 인상을 주었습니다. 꽤나 겨울과 상반적인 소녀의 온열은 소녀의 낯뿐만 아니라 육감에서 풍기는 낌새였습니다. 흡사 만면이 눈으로 둘러싸인 노천탕에서 갓 나왔을 때처럼 후덥지근한 스팀이 스멀스멀 배어날 때의 신수와도 같았죠. 이야말로 겨우내 자생하는 야생화의 유혈이었습니다. 소녀는 허탈한 기색으로 옅은 입김을 내뱉으며 시선을 정면으로 거두고 다시금 입술이 덮일 만큼 고개를 숙여 감겨 있는 머플러에 푸욱 파묻혔습니다. 소녀의 입김은 허공에서 흩어져 버렸고 저는 유유히 사라져 가는 입김의 형체를 바라보며 그 입김들은 이제 어디에서도 찾아 볼 수 없을 것이라는 결별의 아쉬움에 잠겼습니다. 소녀와 저는 꽤 오랫동안 나란히 앉아 오고 가는 대화 없이 그대로 겨울 속에 묻혀 갔습니다. 그리고 저는 현실에서 눈을 떴습니다. 조금 전까지 제 곁에 있던 소녀가 존재하지 않은 세계에서 눈을 떴습니다. 나는 일찍이 소녀를 사랑하고 있었으나, 이 사랑은, 제가 눈을 뜬 세계에서는 영영 찾아 볼 수 없는 사랑이었습니다. 의식이 뚜렷해지는 동시에 소녀는 시커멓고 손쓸 수 없는 병독으로 서서히 괴사되어 갔습니다. 제 마음속에서 썩어 갔습니다.